# 与光阴交谈

郑维山◎著

中国文联出版社
http://www.clapnet.cn

图书在版编目（CIP）数据

与光阴交谈 / 郑维山著 . — 北京 : 中国文联出版社，2017.7（2025.4重印）

ISBN 978-7-5190-2840-4

Ⅰ . ①与… Ⅱ . ①郑… Ⅲ . ①诗集－中国－当代Ⅳ . ① I227

中国版本图书馆 CIP 数据核字 (2017) 第 161747 号

与光阴交谈

著　　者：郑维山

出 版 人：朱　庆

终 审 人：金　文　　复 审 人：王　军

责任编辑：郭　锋　　责任校对：王洪强

封面设计：凤凰树文化　　责任印制：陈　晨

出版发行：中国文联出版社

地　　址：北京市朝阳区农展馆南里 10 号，100125

电　　话：010-85923033（咨询）85923000（编务）85923020（邮购）

传　　真：010-85923000（总编室）　010-85923020（发行部）

网　　址：http://www.clapnet.cn　　http://www.claplus.cn

E-mail：clap@clapnet.cn　　guof@clapnet.cn

印　　刷：三河市宏顺兴印刷有限公司

装　　订：三河市宏顺兴印刷有限公司

法律顾问：北京天驰君泰律师事务所徐波律师

本书如有破损、缺页、装订错误，请与本社联系调换

开　　本：880 × 1230　　1/32

字　　数：167 千字　　印　张：9.25

版　　次：2017 年 11 月第 1 版　　印　次：2025 年 4 月第 3 次印刷

书　　号：ISBN 978-7-5190-2840-4

定　　价：38.00 元

# 目录 LUMU



## 第一辑　飞升的信仰

**【名家读诗】蒋登科读《娄山关避暑》**

**【名家读诗】艾嵩读《丰都庙会》**

## 第二辑　岁月的尾巴

## 第三辑　游走的灵魂

**【名家读诗】邓毅读《春天，我一个人在路上》**

**【名家读诗】周鹏程读《一件浅绿色毛衣》**

## 第四辑　温暖的怀抱

**【名家读诗】傅天琳评《煤》**

**【名家读诗】赖孩儿评《深夜的舞蹈》**

# 序一

## 倾听郑维山《与光阴交谈》

王明凯

这个秋天，最惬意最有意义的事情，是斜躺在温暖的沙发里，任明亮的光从十五层楼的窗台打进来，让我一边欣赏这座城市在视线中的美丽，一边手捧郑维山的诗行，细细倾听他用深情的文字，绘声绘色地与光阴交谈，与心灵对话。那种感觉，就像品一杯香茗，色泽澄明，清香可口，虽无蝶来，却也口舌生津，心旌荡漾。

认识郑维山，是《重庆晚报》的功劳。一群业余作者，集合在“重晚副刊群英荟”的麾下，写诗、作文、聊天、抢红包，在微信圈内，就慢慢地彼此认识了。不料在一次餐会上，仍使我大吃一惊，郑维山英俊潇洒，酷似重庆市文联党组书记王超，我急忙迎上前去，风趣地说：“王书记你好。”几乎同时，郑维山也伸手与我相握，口中蹦出的话与我一模一样：“王书记你好。”惹得一席人哈哈大笑，其乐融融。

后来常在品诗、采风和其他文学活动中相见，才知道他是一房地产开发公司的总管，联想到在《重庆晚报》《重庆散文》和其他文学刊物上读到过他的作品，文字清新，语言别致，常有一些惊艳的词句让人眼睛发亮，不禁感慨，一个脑袋里塞满了市场、成本、利润和一系列错综复杂的经济与社会关系的企业老总，能把手中的文字侍弄得鸟语花香，委实不易。更让人吃惊的还是这一次，一个电话打来，说他要出一本诗集，书名叫《与光阴交谈》，嘱我为其作序，话音刚落，文稿就发过来了。我急忙打开一看，哇，洋洋洒洒300多页。草草地粗看了几首，就凭我的阅读经验，立马掂出其沉甸甸的分量，禁不住肃然起敬。

《与光阴交谈》共分为四辑。第一辑《飞升的信仰》，让我们阅读与倾听作者足迹所及的一个个旅游景区那风姿绰约的景致、蕴含其中的历史与文化以及作为建设者与旅行者，作者身临其境的思考与感悟。丰都是沉淀在作者心底的一方土地，他用十余年的心血焐热了那座山谷，建成了闻名遐迩的玉皇圣地，于是他的诗作便从《在打开天堂之门的那一刻》开始，“我被信仰囚禁至天堂。如时令三角梅/盛开在悬崖上，迎风摇曳。寒冬/等待春天。越过风雨，越过七月流火的霞光/越过蝉鸣。白日飞升的阴王故事/仿佛远离了人间/烟火，和江湖的那一面镜子……”于是，我看见诗人携着“白的是天堂，黑的是地狱”的《鬼城印象》，越过五鱼山起伏的峰峦和袅袅升起的烟火，去赴一场“仙女翩翩起舞，小鬼和蔼可亲”的《丰都庙会》，他和他的诗歌，站在巴子别都的禅境里《仰望天堂》，心灵便净化出《飞升的信仰》。带着信仰，诗人的脚步飞向远方，去娄山关的蝉鸣中避暑，去寸滩的静水中嬉戏，去红池坝的花海中徜徉，去大裂谷的幽深中探险，去龙缸的栈道上悬空记忆，去阿依河的浪花上寻找彩虹，去白鹤梁的石痕里与先贤对话，去《江南》的乌篷船上与光阴交谈……每到一处，都是一路旖旎的风景，都留下一串清新的诗行。

第二辑《岁月的尾巴》，让我们阅读和倾听春的莺飞草长、夏的百花盛开、秋的五彩斑斓、冬的朔风凛冽。你看郑维山怎样赞美春天：“岁月举起风霜／绿，把日子弯成三角梅／怒放红艳／有些花事，已随春风流进我的眸子里／溢出湿漉漉的情思……”（《春来了》）夏天，郑维山可以让暧昧流动成诗篇：“念想夏夜初荷／湖边，携爱／唱着童谣／花中的花回眸／一笑，看风铃儿／守着仙人掌／期盼，享受有福的／今生。”（《七月，让暧昧流动成诗篇》）秋天来了，不仅有桂花香，枫叶黄，还有菊花安静的怒放：“渐凉的夜色随风奔跑／秋菊，梳妆更亮更圆的天空／不断将皱褶打开／露出笑脸……”（《八月的约定》）；在郑维山的眼里，严冬不仅只有冰冷和苍凉，有时，它也用岁月的尾巴，给人以温暖和慰藉：“季节的风已经带走 / 快乐的人群 / 在缤纷的雪花中 / 颤抖的手抹去眼泪 / 倾诉内心的呢喃……”（《冬的慰藉》）这就是郑维山用诗歌留给“岁月的尾巴”，可以让你在四季更迭的风花雪月中倾听大地的辽阔、生命的意义、爱情的甜蜜和生活的美好。

第三辑《游走的灵魂》，让我们阅读和倾听作者在工作和生活中一路走来的旖旎风光和人生体验。在这里，事物即过程，只有经历了“游走”，才有灵魂的记录。试想，如果唐僧师徒不游走西天，能取回真经吗？如果徐霞客不游走大地，能写出《徐霞客游记》吗？如果刘禹锡不游走天涯，今人能读到寓意深刻的《陋室铭》吗？而郑维山的游走，并非传统意义上的走山、走水、走风景，更多的是生活道路上的走身、走心、走人生，走出喜怒哀乐、走出复杂情感、走出困惑徬徨、走出人间世象。“往事很丰富 / 一年四季的春花 / 在时空隧道里开了谢 / 谢了开。在起起落落中 / 红瘦绿肥”（《丢失的恋爱》）；“……我知道，要这样去读懂人生，很难。难的不是明白此中的人生玄妙。难的是领悟中有一种无奈，犹如血腥的历史画卷。震撼中，无耻与精彩同行”（《珍惜已得到的爱》）；“爱过，恨过，抚琴扬筝 / 矫揉造作，裹在一起 // 幸福是你的，失落是你的 / 伤也是你的 / 就连现在的孤单与寂寞，都是你的”（《相思本是无凭语》）；“……

有类人，嘴脸黑 / 很多人看不清他的面目 / 我也时常恍惚。于是——我数着骨头 / 坐等神一样的心思 / 被岁月碾碎”（《遭遇小人》）；这些话，与光阴交谈，与诗歌述说，与自己述说，旁边的你我，能读出些什么呢？

第四辑《温暖的怀抱》，让我们阅读和倾听作者那印刻在心中和娓娓道来的乡情、亲情和友情，阅读他那浸润在灵魂深处的自我与本真。与千万个大地赤子一样，郑维山的乡情、亲情和友情，都是爱做的，都是温暖怀抱中爱的诗化与结晶。他爱故乡：“有一条清清的小河 / 叮叮咚咚流出四季的芳香……”（《我的小学》）；“故乡的四季 / 总在回家的路上”（《回家》）。他爱父母：“父亲，真的老了 / 屋檐梯坎上有了光滑如翠的苔藓 / 郁郁葱葱，纹理清晰 / 佝偻着的父亲身影，犹如根雕”（《父亲与老屋》）；“妈妈的昨天，已经流进记忆 / 妈妈的岁月，已经刻上行程 / 只是额头，越发苍白，呈现母亲辛苦的汗滴”（《请妈妈停歇》）。他爱儿子：“客厅的摇篮 / 成了孩子幸福的小船 / 从冬摇到春 / 又摇到了夏 / 摇啊，摇啊，就这样摇出了幸福的童年”（《儿子的摇篮》）。他爱朋友和亲人：“……相思，屹立在城市的高楼 / 鲜活的青春韶华 / 流连巴山蜀水的情丝 / 在记忆深处，寻找一个词 / 折回对苦难的慰藉……”

这就是郑维山，这就是郑维山的《与光阴交谈》，我一鼓作气读完，回味再三，觉得是这个秋天收获的一份不可多得的喜悦和快乐。欣然命笔，以此记之，祝贺其诗作早日付梓，谨为序。

**丙申年仲秋于江北**

注：王明凯，重庆市作家协会党组书记、副主席。

# 序二

## 一段远足者的心路

王济光

诗以言志，这是古人的说法，也是古人抒发情感常用的艺术表达方式。

现代人的生活节奏越来越快，有时快得简直喘不过气来，所以，很少有人再愿意用写诗的方式去舒缓生活，最多也就是消费一下情感快餐，比如卡拉 OK，吼几声而已。

古人曰：逝者如斯夫，不舍昼夜。借以感慨对光阴似箭、日月如梭的无奈和怅惘。

《与光阴交谈》，这是维山为自己的处女诗集所选定的名字。

时不我待，所以，与光阴交谈，当是何等的难事！但，又何尝不是诗家的豪迈和情怀呢?

正是这个不同寻常的“与光阴交谈”，引发了我的好奇，触动了我的魂灵，甚至也有些拨动了我寂静多年的诗意心弦。反复读了两遍，似乎懂了维山，悟了光阴，通了交谈。此时此刻，我越发体会到，在现代社会熙熙攘攘的人群中，面对多面的人生与生活的重压，诗人竟是如此执着而率性地奋力前行、不计孤单。诗作之中更是蕴含着原本无可调和的诗风，以及，月朗风清般玉盘高悬：豪放的婉约，还是婉约的豪放，抑或是，豪放着婉约，婉约着豪放，平起平坐地与光阴交谈。

其实，我与维山并不是非常熟络，充其量也只能算是几次场面上的点头之缘。但因为都是民建会员，便有着共同的信念，从内心深处相知相通，意会自然。尤其是读过这本诗集，这种感觉就越发地浓厚，越发地醇甘了。也许，这就是人们常常说的志同道合前提下的“神交”使然。

虽然我是地地道道的北方人，但由于自小出生在农村，而且是从农村庄稼地里一路摸爬滚打出来的，所以对大自然的亲近感便比常人更要浓重几分，甚或凛冽，几近缠绵。崇尚自然、挚爱家乡、亲近山水、热爱生活，我以为，这是我读维山诗集《与光阴交谈》并与其“神交”的契合点。似乎，我从诗集四个分辑的印象结构中，就朦胧而隐约地感受到诗人自强不息的精神支撑：《飞升的信仰》是从儿时的追梦延伸到如今执着奋进的不竭动力之源，《岁月的尾巴》是对三十而立之后、继之以四十而不惑、甚或面对五十知天命之时的种种不甘，《游走的灵魂》寻觅着过往的云烟梦境以及未来的莫测变幻，《温暖的怀抱》更是远方归来后抚慰疲惫身心的精神家园。不是吗？我们生活在由一维的时间和三维的空间构成的大千世界里，寄身宇内一处而灵魂四处游移不定，光阴流逝如一江春水而无一捧可掬为我所有。与光阴交谈，不亦悲乎？不亦怅乎？不亦惘乎？但是，怀着一颗赤子之心，由着一份生活的激情，踏着一路青春岁月，与光阴交谈，不亦悦乎？不亦乐乎？不亦君子乎？

大凡有过复杂生活经历而又敏感颖悟的人，都会慨叹人生，或悲怆，或达观，或愤世嫉俗，或感恩上天。而维山的感悟则是："元亨利贞。从起点到终点 / 一年四季的春夏秋冬 / 歌唱或哭泣、回望与前瞻，都会阵阵疼痛 / 黑白，无常。但愿，于同心道上 / 镜中花，水中月，都还原成俗世的欲念 / 长出一地嫩芽。"我不了解维山如今的工作境况，更不知道其儿时曾经的生活状况，但是，从《在打开天堂之门的那一刻》中，我大抵能够窥探得出其奋进的心路，想象得出其面对种种困境时的执着。在《青天峡》中，诗人更为直接地表达了这种心态："岁月充盈的空间 / 似乎很窄 / 只要一直坚持 / 伸手，就摸到了几百米的高度 / 仰视，行走的我 / 努力在这神奇的谷底 / 用信心 / 举起指间的光线。"

岁月是什么？没人说得清，也没有标准答案。岁月可以是河流，可以是花朵，可以是山峰，当然更可以是看不见的年轮，因为它毕竟带走了我们的光阴，但同样也带给我们思想、成长和衰老，以及这一过程中所经历的心灵坎坷和情感考验。它时常会让我们思考生命的意义，就像在旅途中的一个水壶、一把椅子、一处拐角、一座庄园。我惊讶着，岁月是可以有尾巴的。君不见，“红颜一如既往 / 闻着杯子里的茶水风声 / 像经久不衰的符号 / 轻轻溢出 / 岁月的尾巴”（《岁月的尾巴》）。确实，曾经激情绽放的青春，当“日子从夜里出来 / 白了黑，黑了又白 / 一天又一天”之后，皱纹会悄悄爬上额头，白发会慢慢染上鬓间。但是，我们又何必过分惆怅呢，只要心中有一个春梦，血液中有一份坚持，骨子里有一种高傲，就会有美好的明天。所以，诗人在《一颗心，向春天皈依》中娓娓向我们倾诉：“一个人虔诚地在佛前祈祷着、静默着 / 期待石头能开出甜蜜的小花 / 凛冬的战栗 / 越过一场又一场雪的栏栅 / 一颗心，向春天皈依。/ 从迷茫中醒来。”心中有爱，便是春天；爱中有情，便会耕耘。看得出，诗人曾经有过迷茫，但还是坚韧不拔地孜孜以求，赢来了风雨之后的艳阳天。

吾生也有涯，但不如意事常八九，重要的是究竟以何种心态应对。诗人慨叹着，游走的灵魂可以不计收获，但奔波于世的劳累与身心的不堪，可以从容不迫，直面达观。“困惑中，翻历挫折和坎坷，生命总是存有那丝沁人的清香！”“深藏的，更有别人不可轻易明了但永葆内心深处的责任……”

（《珍惜已得到的爱》）我从朋友处了解到，维山不易。之所以不易，主要还在于他是个富于责任感的人，外有公干应酬之约，内有持家操劳之任，感恩社会以尽力，酷爱文学以期成，其间的酸甜苦辣，或许只有付诸笔端，或小文，或短诗，方可释解一二。“记忆的日子 / 不羁的灵魂 / 想拥有一颗安分的心 / 游走在城市里”（《游走的灵魂》）。凭谁说，天若有情天亦老，诗人也许并不在乎人生之中有多少此恨绵绵无绝期，所以，才会“我渴望用一些莫名的情绪 / 翻动这个季节的春芽 / 给生命刻下永恒的铭文 / 点亮余下的多彩日子”（《许枚心愿》）。这是不是算一种博爱？我不能贸然定义或下结论，但至少——我以为——会是一种大爱，勇于、甘于、乐于付出和奉献的大爱。正基于此，诗人才会无怨无悔，“我同情冬天的休眠，想象和思索 / 在春天，我又要重新上路 / 让另一个春天替代另一个春天 / 把自己赎回来 / 不再像死人一样活着”（《春天，我一个人在路上》）。

人生不易，所以才需要远行之后回到精神家园以修复疲惫的身心。诗人显然也有此种心境，所以才会把《温暖的怀抱》列到诗集的第四辑。现代诗有时也被称作诗歌，显然，诗与歌是相通的，有曲的诗为歌，无曲的歌便是诗。记得姜育恒有首歌叫《驿动的心》，当是对诗与歌之区别和联系的旁解；“曾经以为我的家 / 是一张张的票根 / 撕开后展开旅程 / 投入另外一个陌生 / 这样飘荡多少天 / 这样孤独多少年 /

终点又回到起点／到现在才发觉”。不知为何，品读维山诗作的第四辑，耳中便似乎响起了姜育恒《驿动的心》的旋律。我仿佛对诗人的奔走，以及奔走后的彷徨，再到怀揣着疲惫之心去寻求温暖怀抱的慰藉，感同身受：“故乡的四季／总在回家的路上／倾听着／我嘴里的不断变化”（《回家》）。远山的呼唤总是游子心中的聆听与牵挂，诗人在心底里倾诉：“夹垄的山势隐入杂草变无的路／村口的树和那条河／一直在考问离开家乡的我／伯伯都走了／你还要远奔何处？”（《你还要远奔何处》）

与光阴交谈，古代诗仙李白有过：“举头望明月，低头思故乡”；与光阴交谈，今人歌者罗大佑有过：“流水它带走光阴的故事改变了我们，就在那多愁善感而初次回忆的青春。”与光阴交谈，维山小友也有过：“将流逝的光阴谱成灿烂星光／一次又一次／把墨色的夜，涂满梦的斑斓”（《腾飞吧，聚丰》）。《与光阴交谈》，记下了一段远足者的心路，录下了一份跋涉者的心志，也播下了一方耕耘者的春种。维山不曾孤独，有道合者相伴；维山不必彷徨，有此序者相知。

感念维山信任，是有以上心声，凝而为序！

**丙申年初冬于鲁能星城**

注：王济光，教授，中国民主建国会重庆市委员会副主委，重庆市政协副秘书长。

# 第一辑　飞升的信仰

## 名家读诗·蒋登科

“盛夏的余温还有些泛红／我迫不及待地／约上蝉鸣，山风，以及一段红绸／从尘埃纷扬的巴子别都／抽身而出”，这是郑维山前往娄山关避暑时的心情，他急切地远离都市，避开纷扰，投身大自然的清凉。不过，他去的不是普通的大自然，而是娄山关。娄山关，是一个具有历史意味的地方，和血雨腥风有关，和奋斗、坚持有关；避暑，是一种休闲的状态，更多地属于一种自我的放松。作者在二者之间找到了连接，也就找到了诗意的生长点。历史与现实的交织，现在与过去的关联，外在与内在的交融，都在作品中得到了诗意的展现。“娄山关／绿意很浓／路很陡，弯很大／我只有不断加油／不断朝前看／才能抵达”，语义并不深奥，但语含双意，既指娄山关地势的险要，也暗指诗人对待这个地名及其历史蕴含的态度，还包含诗人对待人生、现实的独特姿态。通篇诗歌采用口语写成，没有人为地加入一些外在的理念，由心而出，显得流畅洒脱，淡中蕴浓，浅中有深。

（蒋登科，诗评家，博士生导师，重庆市作家协会副主席）

## 名家读诗·艾蒿

当很多人正痛心疾首我们这个时代已丢弃了传统的时候，我想他们也只是整日闭门不出的书呆子罢了。郑维山的诗歌《丰都庙会》，首先在这一点上已独具文化价值，诗人并不需要有意地去代言这个时代，但好诗一定应该很鲜活地体现这个时代的特征，唯一需要的就是诗人的写作活在当下，通俗一点来说，即是“接地气”：“生命的礼赞／如一场豪盛的烟火，绽放在长江的夜空／旖旎，绚烂／竞相与春天媲美。闪烁的城市轮廓／黑色的鬼门关，明媚的天堂圣境／都相约着将灵魂的孤独弥合。”这就是我们在当代，在充斥着现代文明的城市中传统文化的掠影：“仙女们翩翩起舞，小鬼们和蔼可亲／黑白无常扭动的热情／催肥了过往岁月的点点记忆。”文化的作用不是喊出来的，而是在众多的细节中一点点展示出来的，并让人们身处其中感受到，优秀的诗人们正在一点一滴地，以自己独特的理解方式和感受记录着这一切。

（艾蒿，诗人，多部作品被翻译成英、德、韩等语言）

## 在打开天堂之门的那一刻

我被信仰囚禁至天堂。如时令三角梅
盛开在悬崖上，迎风摇曳。寒冬
等待春天。越过风雨，越过七月流火的霞光
越过蝉鸣。白日飞升的阴王故事
仿佛远离了人间
烟火，和江湖的那一面镜子

我看清了地狱的颜色。所有的山水
在打开天堂之门的那一刻，都吹起了风月
山东曲阜，峨眉，华山，映像西湖
连普陀山、白马寺里
儒、释、道，还有上帝，都没能留下江河的浩荡

寂静，是唯一的声音

我很想明白寂静中的生死
缘起缘灭的时光，每一次轮回
犹如出生的婴儿。在起起伏伏中，本无一物
唯有满坡的蒿香
散溢于绿林。即使有繁华，忆起忆不起的
落在记忆之外。灵瀑的文王问道
九曲回转的悬泾。晓谙人事
通识天地，在五鱼山
与自己轮回

元亨利贞。从起点到终点
一年四季的春夏秋冬
歌唱或哭泣、回望与前瞻，都会阵阵疼痛
黑白，无常。但愿，于同心道上
镜中花，水中月，还原成俗世的欲念
长出一地嫩芽

# 我在五鱼山上晒太阳

早春的太阳洒在五鱼山上
绿，从梦中醒来
熹微的新芽，十分耀眼
直和曲，搭起一幅
生动的画
饱满，夸张

轻风被蜻蜓触动
满林的秀色分解了冰冷的世界
年岁翻过这一页逶迤
翠了起伏的峰峦

袅袅升起的烟火

按自己熟悉的途径流动

景致闪过万丈灵光

款步落霞

在心弦上辉光纾缓

瑰丽的时节

## 飞升的信仰

我想拥有超强的本领
在五鱼山，用黄檐红柱慢慢疏虞尘世的彷徨
随风轻摇的树梢，摘下漫天阳光
遇仙桥上郁郁葱葱的苔藓
羞愧，形形色色的捧腹大笑

我想拥有超强的记忆
用烹熬一千七百年的孟婆汤灌醉奈何桥
白日飞升的影子，沉默
唯善呈和的清幽
自然，人间朴素的天堂

我想拥有这样的日子
偎依栏杆，幸福地站在圣境之下
听文王问道戏水八仙的私语
七彩的尊尊塑像，在神的旨意下变化万端
用阿鼻故事永恒平都山的传说

我想拥有这样的生活
九曲悬径，雪域高原逶迤延伸
清露晨雨洗亮尘世的污垢
流出七里馥香
叫醒玉皇圣地秋蝉的信仰

# 仰望天堂

在巴子别都，地狱的门开着
我不敢进
太阳的柔软一直贴在心口，深思
河堤岸，苇草的仰望

有一种生活
八仙神通，涌动于灵瀑圣境
不可触摸的，天堂
唯有敬仰

阳光下懒睡的小猫
被晨曦中的青山幽径叫醒
身影从红尘中走出
一枚精致的符号

# 丰都庙会

船把我们载到丰都堤岸
一瞬间，我以为走到了另一个世界
生命的礼赞
如一场豪盛的烟火，绽放在长江夜空
旖旎，绚烂
竞相与春天媲美。闪烁的城市轮廓
黑色的鬼门关，明媚的天堂圣境
都相约着将灵魂的孤独弥合
浩浩荡荡的人神共聚
七七八八的欲望像我的思想
足以滋润一场惊喜

难以置信的还有大街上的钟馗
以及驾落凡尘的天子娘娘
她们可以在车水马龙的红尘鸣锣开道
仙女翩翩起舞，小鬼和蔼可亲
黑白无常扭动的热情
催肥了过往岁月的点点滴滴
越来越多的人群因此开始飞翔，越来越多
的影石，举在空中
收录每一张笑脸。一座城市的笑意
飘着底蕴，吐出芬芳
充盈着四面八方喧嚣的灵魂
彼此应和着。你挨着我
我挤着发汗的肌肤
用力尖叫

我惧怕鬼，却爱上了这里
孤独的星星，坠落在天空的蓝色
踅摸着永恒的光亮。人间
天堂，地狱
仿佛江上的萤火，起起落落
看得见的是美好
看不见的是无言

## 鬼城印象

繁华从江上下来
分成不同的两个世界
白的是天堂，黑的是地狱
两者一步之遥

有的高尚，有的低俗
有的非比寻常
痕迹沿山脊不断累积
一季沿着一季

低垂的屋檐，在望乡台
长出一片湛蓝

生死眷恋的乡愁，越过鬼门关
不知疲倦地讲述着一千七百年来
生生不息的故事

## 娄山关避暑

盛夏的余温还有些泛红
我迫不及待地
约上蝉鸣，山风，以及一段红绸
从尘埃纷扬的巴子别都
抽身而出

南溪口，农家院，落寞的窗台
一朵无名的小花
用它的眼睛
诱惑着丛林中的红叶，还有
出走的灵魂

端条凳子，放下。试图用闲聊让脚步不再飘逸
倏然而至的霏雨，把山的沁凉
从竹林里生生拉出。染黑
那幕幽深

没有阳光的心情，显得慌乱
无奈。一双荧光的鞋，跟着狗尾巴草
摇晃着
探寻起不远的灯火

娄山关
绿意很浓
路很陡，弯很大
我只有不断加油
不断朝前看
才能抵达

山顶，树梢托起太阳
阳光在山腰上分出一道色彩
上面是青翠，下面是墨绿。横亘中间的
是坠入山里的风

挤在乡村的都市中

拔毛的鸡和亮堂的猪，注定成为嘴里的主角

就连人与人之间的距离，也只够侧身

掩鼻呼吸

# 我把自己放在寸滩的静水中（组诗）

## 我把自己放在寸滩的静水中

涟漪散心，影子
留给斜阳
这是一个值得远望的季节
舟楫穿梭，流水嬉戏

春，吐露寸滩希望的气息
暖阳下，慵懒的狗儿眯着眼
瘫晒在路上。任由匆忙的事物
绕道而行

还有鸟儿们，穿过树梢
跌进老屋的
不只是光阴

还有我的童年
和青春

## 落在“古镇风貌”牌子前

条石铺满的巷道，青苔
随风而生。几百年长长的相思
乘树荫纳凉，长大

老树的根须，在崖边不动声色
挤满空隙的石缝，根须缠绕成结
就像远离家乡打拼的人
卑微而自尊

记忆，渐行渐远
空阔而静寂的院坝
一群麻雀，落在“古镇风貌”牌子前
吵闹着。又飞走了

## 寸滩，这里大有希望

现在看来，寸滩的一大段时光
要高于江水，高于河流，高于我的想象
尘世的各种渴望
怂恿着季节的潮汐漫天起舞

越往前走，离城市的繁华越近
泥泞的深浅脚印，曾经的荒芜日子
渐次长出不同的鲜花枝蔓
若干年后，我们再走下来站在江边
迎风而立。如果，你有遗憾的话
我就有了亏欠

## 寸滩为什么要叫果园港

炊烟打包成集装箱，从田间钻到地头
绕来绕去
有时直，有时曲
很像朵朵白云

江岸的汽笛声，因幸福散落一地
在春天叫响一个名字

果园港。是寸滩的又一个港名
相当响亮

跨过一座桥，又一座大桥
一座跨江特大桥
天堑通途，连了欧亚大陆
东南西北

突然想知道，寸滩为什么要叫果园港
或许，青山绿水的寸滩
一寸，太小
装不下年年丰收的果香

淡忘。真的需要记忆
必须朝前看，才能看见某种存在

# 巫溪红池坝（组诗）

## 山间

群山之间。朝霞
翻涌时光之上
一浪高过一浪的呐喊
呼啸而来

山坡，花草，树木
跟着季节不停变换方阵
若明若暗的路径
仿如工笔

光线初醒
那些蝴蝶蜜蜂
正复活失陷的草场
复活一片海

## 花语

说到生活，说到品质
那些彩色记忆
以及红、蓝、白、黄的梦
便簇拥在蜿蜒的山道上

当融入红池坝
以前叫万顷池的广垠天空
我忽然进入了生如夏花的
语境

崖边、云上
盛放的回声，铺满了
这个世界

## 西流溪

是山间的一段湖泉

也是一份爱情的私语

她安静的时候
天空会长出一弯新月
她喷涌的时候
万物摇曳，时光在那里静止

## 岩

一面开口的锅圈岩
千万年的褶皱
扎鹿盘打开，绿如茵

纵向、横向
历史与现实，激情和冷寂
都是
无淫

## 思

当夕阳落下最后一瓣残红
当三根柱的苦涩，透过娇羞的面容

那些停留的春秋犹在身畔

我是沉默中的一个
和雨水、霜露，或者云雾一起
没入黑夜

## 永恒

故事里，天子并没来过
空留下城池
讲述先民生活的遗迹

慢坡残垣
是大江东去后，英雄的一笔挥就
那些杜鹃
可是爱情，是我，是你
和岁月的传奇

## 我看见了世外桃源的日子

捧一抔盐泉，放飞彩色
我看见了世外桃源的日子
流淌着高山峡谷的大美

分流槽，藤索管，万号盐烟的千年旧事
巫咸国啊，轻轻行走在吊桥上
荡起彩蝶醉花的诗句

大巴山，壑深叶红
后溪河，清澈泛绿
它的美丽，扶着一面岩壁，蹒跚长大
记忆遥远，深沉，与世无争

散发着迷人的时光

那扇被岁月隐匿的木雕花窗
是否还在盐马驿道的
尽头，穿越远古的仰望

一泓清泉挂瀑而出。崖缝里
留一片白，于崎岖的沟谷中寻找
窄窄的石板路，飘摇的吊脚楼，袅袅的
炊烟。正随堤岸跌宕起伏

七里半边街。盐泉浸渍过的
青石，光可镜人。梯级上的苔藓，毛茸茸的
芦苇花。在阳光下回望
永恒的巫咸文化

盐场的笑声，抑或空蕴
令膜拜者不忍离去。唯有深深浅浅的足印
在古色古香的如水温柔里
等待彼岸花开

# 回想起牡丹花的那些春天

## 1

记忆里的牡丹花，是儿时快乐的童年
在距离华夏牡丹园十里的地方——郑家山
我背起背篓，牵赶耕牛，踩着泥泞的羊肠小道
穿行于岩石间，用木柄锄头撬落一季秋叶
才偶遇孱弱的一株牡丹，和不期而至的一地春雨

那时的牡丹，是没有开花的
我耳朵装着的，叫木芍药，从地里挖出来
又名百雨金，一旦花红柳绿，便可换回大米
新衣服，和酱醋油盐

于是，我使劲把锄头高高举起，挖呀，掏呀
把深埋地下的须须根根，一点不剩地刨了出来
然后削枝，抽茎，剥皮，晒干

拼出一朵牡丹花

## 2

记忆里的牡丹花，是长大后的乡情
郑家山退耕还林了。花花草草
贫瘠的石灰岩，被春风和着细雨一起化进明月山深处
红的，粉的，紫的，各色的花苞
争先恐后地挤拥着，连着根叶，茂盛成长

那时的牡丹，是开花的
我鼻子里闻到的，叫金桂飘香，还能沁入烟熏的腊肉
一家人的餐桌，汤清味美，滋阴醒脑。有丹皮
牡丹根和富贵花

于是，我用一串一串奔忙的脚印
把山乡的炊烟，石屋的冰凉，和一些人生的甘苦
捧回土生土长的地方，然后一起延伸入梦

笑出一片牡丹花

## 3

记忆里的牡丹花，是采风恺之峰的这些日子
走进太平牡丹园，新民华运牡丹园，特别是澄溪华夏
牡丹园
十里飘香，分明就是我梦里的故乡。千层香，锦红缎
幽山艳。座座峰峦，生机勃勃，笼罩在蒙蒙烟霭中
宛若一幅巨大的泼墨山水画卷

此时的牡丹，老枝扶疏，蓓蕾素裹
我眼里的百花王，迎着时代春色，万紫千红
跃过平地，淌过沟涧，爬上坡顶
垒起漫山的叠嶂，留下长长的一片记忆

于是，我把目所能及的牡丹花
一朵一朵刻进心里
勾线、上色，然后装相成册

永恒一地牡丹花

# 武陵山大裂谷（组诗）

## 武陵山

时光，冲刷岁月
洗去蛮荒
在武陵山的额头，錾出
一道深深的沟壑

这山与那山的情怀
有脉络相连
积攒地心的力量
叠成一摞摞厚厚的书

自然的石头、树、草皮
和峭壁，绝崖
装进逶迤的绵延
母亲之韵，在我胸膛
在百灵鸟的山歌里
回荡

每一处生命的绿
都如歌似曲，抑扬高低
起伏急缓
最后的休止符
在祖辈们追赶的林梢上
太阳一样

## 薄刀岭

蝉翼似的五座山峰
可是亿万年前神仙们相约而来
打翻棋局
那巨大的石壁
直插谷底
亘古了
沧海衍变的孤傲

一座座山，一层一层
叠在那里
你怎能轻视，她被岁月淘出来的犀利

## 青天峡

岁月充盈的空间
似乎很窄
只要一直坚持
伸手，就摸到了几百米的高度

仰视，行走的我
努力在这神奇的谷底
用信心
举起指间的光线

## 万丈坑

万丈，有多深
谁探明尽头
岁月之水，沿峡谷挤进暗河
失于深渊

十米洞口
画出光明与黑暗的分界
暗红色的肠肚
从浅滩中露出时光的沉淀

生命的历程
牵引出化石叠积的线路
于幽深处
向外，延伸

# 816 核工程遗址（组诗）

## 背景

残阳如血的故事
揭开笼罩的蘑菇云
饥饿从黑暗出发
唤醒东方的一粒星光
种进涪陵
武陵山，坚硬
喂养一种不屈的精神
从奔流的涛声中
破土发芽

## 希望

成千上万的人揣着向往
流着血汗，挥舞铁锹、榔头
一凿一凿将大山的坚硬掏空
屹立在头顶的烟囱
刺破弥漫的乌云

## 场地

人工开挖的最大洞体
深藏一百五十万方的冰冷
死亡的气息被数吨铅门隔离
悬高二十多层的心
让仰视的目光十八次绽放惊叹
希望在哥特式教堂
从聪慧的大脑里反复寻找
一百三十多条曲折的生命方向
连裸露的小片石灰岩
也认得革命战士双手抠出的奇迹
如蚂蚁的绝美城堡

## 深思

新中国的尊严
从地下一寸一寸绵延
大山掘进的血泪史
用一种无言向世界宣告
我们不要战争
要和平

## 后记

山依旧那么硬
水依旧那么绿
816，在时光镌刻的丰碑上
成为一个特殊的符号
一段民族的记忆
向人们传唱
这首经久的岁月诗歌

# 沿着长江来爱你

我收起桃源的那滴水
将龚滩的石头慢慢加温
磨圆。峡谷冲激的浪花
成了我的随从

打包阿依河风流的聘礼
我开始走出乌江
走出我内心的鹿鸣

我努力走完逶迤的武陵山
又翻过挺拔的五鱼山
终于在诗城奉节

驾上了李白的一叶轻舟
乘风破浪载波群峰

我的豪迈
被夔门边上的神女看见了
她将太阳和鸟鸣安放在柔情里
让卵石陪我说话
让清风为我道喜
让一扇天地之门为我自由打开

我赶紧披上温暖
穿峡而出
在翻涌的巫山云雨中
一点也不畏惧
我知道，我沿着长江来
爱你，一路上
海有尽头
爱也不会别离

# 龙缸记忆

是谁，种下一颗玻璃心
透明的花瓣
盛开在悬浮三千尺的彩色云端
凌空的栈道
嫦娥林下修剪的月影
轻雾飘了一万年才坠进齐岳山
仰望龙缸的天空

情思漫溢的花雨
炉缸里曾经燃烧的希望
祭祀柱在老寨子里
耸立得像座城堡，固若金汤

无情、冷漠、威严
神秘莫测

记忆由此延伸
沟壑、田畴、乡野、炊烟
无数柔美的传说
挽起清水奔腾的石笋河
将峻岭崖石雕刻得形态怪异的
奇险绝秀，无处不在
民间的故事不断向深处逶迤
盖下坝那汪静美湖泊
俏皮地映照着三国时的岐阳关
在蕖草垒出秦皇汉武惊心的不朽长城

# 阿依河的爱情

山隔着一座山，在幽邃的谷底
与美丽的母子溪邂逅
缔结一世一生的情
幸福，张开隐形的翅膀
搭上竹筏，缓缓划入翠绿天堂

修行千年的桃花，觅缘
用空寂对峙两岸
黄鱼、鲤鱼、鲇鱼、团鱼
于峻岭深处透迤神奇
喂养出许许多多沉入水底的秘密

云朵徘徊在危崖
见证了密林的原始野性
层层叠叠的苍翠
将蛇形的溪水幽谷越拉越长
引来一串串如晨露般晶莹的鸟鸣

阳光穿透山岭发出清澈的叫声
软语如乌江的沟壑纵横
在大佛岩斑驳的裸露岁月里
刻下一朵牵牛花的梦
铺展着猪槽湾浅淡的风韵

山凹蜇伏的几缕浪漫
被娟秀的光阴
赶上陡峭的千步石梯
浓密撩开眼里氤氲的雾色
向竹板桥讲述阿依河的爱情

## 涪陵点易洞（组诗）

### 渊源

经典从北宋而来
流放到巴郡枳县的程颐
交融在乌江与长江处
感念出黑白分明的阴阳鱼
解析天地密码

时光为此停驻六载
铣净《易经》一页一页精华
白天和黑夜的永恒
从点易洞开始
流出程氏理学的浩瀚

## 易传

起于自然
阴阳结合的种种奥妙
将涪陵江岸的完美
镌刻于悬崖
留下那道经久不息的太极

长江广大悉备
涵养变爻中的万物生死
连岩石也以春耕秋收冬藏的形式
与水相互衍变
生生不息

## 博大

一年一年的刻石痕迹
历经宋、元、明、清的洗礼
沉入江底的白鹤梁记忆
尊崇起自然的膜拜
延迭儒宗师法
发芽、散枝，然后盘根错节
岁月包裹的沙砾

内外兼修天文地理
逐渐柔弱了万物的刚硬
化为无形

## 象征

一壁的圣贤墨迹
书写着风霜侵蚀的漫长
点易洞
用山和水的交融
演化出精神的一种象征

大成集聚于长江之上
变幻莫测的世界
讲述着阴阳与和谐
每颗心都盛下智慧
无象无气无质

# 缙云山下（组诗）

## 玉兰花

凛冬的雪化了
春风把玉兰堵在三月
一百一十年
桃李满天下的幸福
化为一簇一簇的白相约西大

随风雨零落的几瓣光阴
被蚂蚁搬进新家
酝酿出
比香樟更馥郁的香

## 树根

盘根错节的关系
安坐在榕树下
石缝中滴滴答答的水声
收录岁月的烟尘
莘莘学子的爱情故事
随迁移的四季还在不断翻新

书香顺着屋檐滴下
春风拂过的
喜悦，绿透指向远方的枝丫

## 密林

清晨，被一群鸟儿叫醒
从林幽深处
渐渐露出湿润的祥和
缙云山雾霭氤氲
像佛打坐一样进入禅境
太阳正冉冉升起

现实和梦幻多么近啊

一袋烟的工夫
一只蚂蚁的幸福
就擦亮了山外的闲事

## 竹笋

落叶覆盖之下
嫩绿的声音
从破土的笋尖里飘出
风扑面而来
一不注意就湿了眼眸

一滴露，深入花瓣
起伏的鸟鸣
任三月，在竹林深处
守住内心的秘密

# 龙脊山之雪

龙脊的峰被长夜冻醒
有一截残缺的虚幻埋在羞涩的青春里
随西伯利亚的寒潮飘落

栀子花去了哪里
金黄的油菜花还荡漾在童年里依旧婀娜溢香
一路上蒙蒙的星灯，吃力地眨着眼睛
冥思着，是否还能跃过激情许下五彩的心愿

孤独的翠湖，寂寞着，寂寞着，寂寞着
洁白，打着三更的节拍
守望无眠的星空
忘情地做着与春天相关的梦

阳光，红菊，一片茂盛的树林
一转眼，便化成了经年
虚伪，却余温袅袅

曼舞的白色精灵，翻上翻下
跳跃着，飞舞着
欢快地。相约着奔向山岭
温暖了久远的一场记忆

# 金佛山戏雪

远久的邀约，今日成行
大巴，经过往返折腾
才让眼眸荡漾起喜悦涟漪
触及雪的世界

羞涩为太阳竖起一道屏障
雪花肆无忌惮地弥散着童心
久违的缤纷色彩
一群人兴奋地叫喊着，追逐着，嬉戏着
如彩色飞舞的蝴蝶翅膀

寂静的滑雪场上
冰雕的方竹笋，开始上演不同的情节故事
七歪八斜的笑颜，赶着玉树琼枝
在洁白中盛开落日余晖

# 天堂圣地（组诗）

## 天

高高的，一尊神
巍然于五鱼山，站得笔直
腾云的想象。光影里
古往今来。不是膜拜
就是虔诚的祈祷
这一刻，除了景仰
已无话可说

## 堂

空明的山，有大海深邃

反射光明，按下黑暗
还有，潦倒的希望和
富裕的平安
包括健康、快乐的模样

### 圣

峰峦的千姿百态
掠着晴岚，填成阶梯
灵魂攀上边框
随薄薄的流云
积攒力量

### 地

大地，旭日，穹圆的天
虚怀若谷。玉皇圣地的章回
从同心道上弹出
峻岭涂出一脸的绛紫
继承历史
传扬时代
渴望，在华丽转身后
迹蕴留香

## 落霞断想

巴子别都的落霞，坐享在长江上，露出空阔的水域
平静的湖面，来往的客船心事，被涂抹成一地桃红
在虚幻的月牙城里，飘洒着云彩，剪下立春的苇影
斑驳的光漏，随风篆刻堤岸上，涌动出历史的潮汐

有只神鸟驾云而来，带回李白的遥远诗篇，咏与诵
在天堂入口。尚善的声声木鱼，于平都山飘溢红尘
用一双素手绘出美妙五鱼山，透过阴王二仙的隐忍
延迭出两个迥异世界，一个地狱一个天堂，曰鬼城

站在鬼门关前。谁不想留恋岁月和拥有生活的时光
面对神灵，没有人不害怕无尽机关以及死亡的恐惧

只是，客船的汽笛拖逸出一地青烟，碎了不朽长河
行走的风，慈目一岸，触摸着流年编排的陈旧扉页

还是老样子。很多人想改变现状。于是，祈祷神灵
修善行德。千百年的时光，顺道天成，被符咒吞下
结缘，上善。神鬼情未了。在幽深的林荫弯道之间
绿了芭蕉，唯善呈和。通天酌妙。尊玄而又玄的道

先贤来过，圣人来过，达官贵人、凡夫俗子都来过
德，在每个人心中潜长滋生。然后，过有道的生活
犹如神助。顺其自然，别管七情六俗还是五根清净
就连一汪江水，也如观音菩萨净水甘露，洒向四方

落霞和朝霞是一样的美。天堂和地狱，是一样的善
抱神以静，形将自正。五鱼山留下来的名山圣地局
让世人学会了对生命信仰的原始理解。知死而后生
敬鬼神而后忠孝。礼义廉耻，将是人类不灭的经典

# 梦醒江南

水乡的篙上，单调的声音
沉入梦里，余晖
追赶着二十四桥的夜秦淮河畔的杨柳
调色二十四孔的明月铮铮英雄的泪痕

我的心事，柔弱地隆起
缠绵化成鱼的春梦
寻梦的桨，于月光下
轻巧地打开早已成熟的港湾

牵一丝垂柳摘一朵晚霞
把水乡含在嘴里

配诗染词
爱情无须只言片语的承诺
一颗心流连于莺飞草长的水岸

杏花烟雨还在岁月里守望
那次羞涩的初情
失落的眼睛
与往事如胶似漆
醉卧于大理石铺就的榻沿

独坐在长长的堤岸
寒蝉凄切
悲凉的笛声
吹一曲酸涩的乡愁
泪，乱了丝绸般的夜

浸染着桨声的月亮
踯躅独行
相思的小镇
发出怯怯的呓语

乐音曲折地穿越沿街的河面

山色为证绿水为媒
灯影、羌笛和杨柳凝聚于
南朝四百八十寺
千年前的轮回，只依稀记得虔诚里的轻轻划痕

多少期盼
越过往世的尘烟
一边找寻一边狂奔
在古老的印迹里寻找深深车辙里守候的心

江水起落，敲着名字
风捕捉香气，在波粼的水面结成忧愁
若干年无人破解的故事凝结冰凉的指尖
一盏灯光，敲醒了江南的春天

# 江南

一江波光粼粼的湖水
在微风下摇摇欲坠

湖边的柳絮，婀娜多姿
惊扰了堤岸的宁静

一袭轻柔的炊烟
随风飘逸，交融在水天薄雾中
弥漫出一地江南

剩下黄昏，残留一点余晖
红透了一半的江南

# 硝烟，与光阴交谈

## 乌篷船与光阴交会

嘉兴南湖。晨霭中飘着蒙蒙烟雨
一艘红色的乌篷船，交会在跌宕的故事章节里
将一个伟大而光荣的名字载入史册
沐雨迎风。从画舫里吹出凹凸有致的光阴
旋涡与阴霾接踵而至，无休止地
将星星之火的希望打成死结
起伏、颠簸、冲撞、焦灼、抗争……
直到秋收之后，用铁镰刀收割了谷物
才弯成绷紧力量的弦

## 在卢沟桥

桥上的石狮子是数不清楚的
有的已经风化多年，有的被子弹打得残缺不全
硝烟留下的斑驳痕迹静止于栏杆上
搜索着两种形态各异的目光
永定河，俯卧在枯黄的杂草丛里
恍惚着那段屈辱的岁月

## 牢记南京大屠杀

勤耕劳作的三十万南京平民
被闯入的一群强盗邪恶地掠夺了生存权利
黑暗伸出它漫长的手臂
将良善活埋，枪刺、破膛，甚至烧杀奸淫
不再沉默的山川田畴因此流满了悲鸣的血泪

若干的记忆，无法存储
永远不能忘却的是惨戕的血腥现场

## 光阴因为硝烟变得很暖

枪声响了，停了

屈辱的日子去了，不再来了

我顺着长江放下轻舟

像风中的纸片一样拴着胸口的岁月

从此，光阴变得温暖而祥和

鸟儿叫醒了湛蓝的天空

不同季节的大地之花也在欢快地自由绽放

草青了又黄，黄了又青……

不断将墓碑下英雄的魂灵揉捏成春泥

喂养鲜嫩的幼苗

于是，在这最温柔的光阴里

有一条幸福的河始终在我心中流淌

## 骄傲的中国尊严

斧头砸碎了落后的枷锁

联合种植的八国罂粟被连根拔起彻底摧毁

日本侵华的惨烈画面

还擦痛着我们的每一寸肌肤

流年呼啸而过

我开始学会记载文明的安宁
把贫穷扔进洪荒
把腐败的老虎一只只赶进制度的囚笼
阳光优雅地摇曳着幸福
在春天里郁郁葱葱

# 第二辑　岁月的尾巴

## 名家读诗·李钢

我很少读诗，偶然读到郑维山的诗作《岁月的尾巴》，有所感触，遂记在此。一、岁月。岁月是好东西，没有它，我们无法展开此生。岁月使人生各不相同。那些写诗的人，只不过是在诉说着岁月的滋味，以及它的温度、它的重量。不同经历的人组成了江湖，所有的江湖组成了世界。只要活着，谁也逃不出岁月；二、春天。我喜欢春天，桃花就是春天。花开时我必然去看，就像在与岁月对视。春天年年会来，其实只有一次。桃花也只开一次，有人经过，有人错过；三、去向。诗里提到了天堂，也提及地狱。天堂是不错的归宿，到达那里，人也就满意了。地狱二字很刺眼，是坏归宿。多年以来我犹豫不决，我不要归宿，我只想在天堂和地狱之间，找到一个出口；四、等待。诗人在诗里等一只蚂蚁。蚂蚁太小了，我忽略了它。我们都等待过别的，比如一个人，一个事物，一个时刻……回想起来，所有的等待没有区别，都是在等一只蚂蚁；五、省悟。省悟就是醒了，没有睡觉的那种醒。醒来之后，开始厌恶局部的自己。更高级的是彻悟。那就是完全抛弃自己，从此去做另一个人。以上思绪皆由这组诗而引发。诗有两种读法。一种为赏析性地点评、解读原诗；另一种是边读边打开自己，释放自己。后者对诗的挑选更严格，并非任何诗作都能使人产生联想的。

（李钢，诗人）

## 名家读诗·二月蓝

很少有人敢这样在诗的开头就把自己抬到这么高："以双手虔诚的姿势，从外到内／再由内向外，感受香案上那一缕缕烟火／不灭，永生／一种安详，沿着呼与吸／沁入内心……此刻，我听见了山崖上栀子花开的声音。"郑维山的诗歌《一颗心，向春天皈依》，一开始就给我们描述出了佛学中的大境界，从客观的角度来讲，尘世中人能一直做到如此出世吗？可以，但又何其之难！这是每个人都想追求的，当然也有很多人愿意以此来包装自己，放眼整个泛诗坛，心灵鸡汤式的小诗到处都是！然而本诗画风一转，"只是，逼近朵朵桃花盛开的三月／我渴望用春天编织一个梦／梦里，花团锦簇，阳光透亮，幸福满怀／空气里弥漫着紫色的咖啡／和巧克力／还有浪漫的绿色歌谣"，这不正是我们作为一个普通人应该有的情感吗？俗世的美好将我们重新吸引回来，但这并不妨碍我们成为向往美好的信徒。说到底好诗不是告诉别人应该怎么活着，而是"我"正在怎么活着，在人生的每一个阶段总有一些"物"与"事"不断触动着心灵，这才是好诗的本质：抒情。

（二月蓝，女，诗人，数次在《诗刊》等刊物获奖）

# 岁月的尾巴（组诗）

### 天堂的雪花

江岸的绿留给春来涂抹
林间的葱茏留给雨露来涂抹
幸福的心情留给温暖来涂抹
一个人站在地狱门口
来回踱步
很久，很久——
不明白天堂为何也要降落雪花

### 习惯了挥手

每个人都难逃生离死别

就像鬼门关
总被夜色或炊烟念叨
蛾子从卵里就想打起精神
赶着月色扑进渔火
不管是甜蜜，还是苦涩
都习惯了挥手
只有几颗星星
亮着，忍不住讲述
某种习惯

## 寂寞的燕子

天堂在地狱门口，一年
又一年。迎着春阳，荒芜长出嫩芽
鱼游向远方
一只寂寞的燕子
把羽毛藏在春天里取暖
山水托梦，淹没了
远方的梅香

## 陪一只蚂蚁

我决定待在这里

在夏天，模仿蛾子飞舞
陪一只蚂蚁
沿逆时针打磨炊烟
等到下一个季节
再下一个季节
朝阳升起，春天回来

## 向神求助

我生活在天堂里
一个无欲无求的美好世界
只要春风一吹，满眼就溢满绿
有了向神求助的愿望
学会静坐、省悟，菩萨的慈悲
等一只巫鸟成为过客
地狱也会长出无尽的常青藤

## 燕子归来

我怀揣希望，坐在天堂口泡上茶茗
迎接燕子归来
山重水复，长满林涛的辽阔
迎春花像这个季节的笑脸

一朵朵盛开

阳光倾斜过来

像极了新娘

## 岁月的尾巴

时光从夜里出来

白了黑，黑了又白

一天又一天

缓缓从日历的扉页上滑过

红颜一如既往

闻着杯子里的茶水风声

像经久不衰的符号

轻轻溢出

岁月的尾巴

# 春来了

岁月举起风霜
绿，把日子弯成三角梅
怒放红艳

有些花事，已随春风流进我的眸子里
溢出湿漉漉的情思
一个山头爬过另一个山头
吹响了喇叭花

桃树，或一座篱笆
都听见了一个温暖的声音
春来了

# 初春

穿过小区行道中的梅园
浅色的一朵小花，刚刚探出头来
眩晕在草丛里，轻盈
并且溢满了，熹微希望
溪池的倒影，水草的浮动
茂盛的野生树丛，朴素的一粒花蕊
透露出，明确的
一季生活姿势。无预兆的
法国梧桐，张扬着
把寻寻常常的一面，方方正正地
散溢开去。像器皿的裂缝
挤进阵阵春风。草木相继吐出露珠

抱紧膝盖

低头。像久违的一份爱情

在静止光阴中，醉入

林梢深处

## 一颗心，向春天皈依

我习惯在佛前，练习静默
以双手虔诚的姿势，从外到内
再由内向外，感受香案上那一缕缕烟火
不灭，永生
一种安详，沿着呼与吸
沁入内心

此刻，我听见了山崖上栀子花开的声音
看见了坡坎上三角梅斗艳的火红
甚至明白了为何会有冬雪里蜡梅吐香树叶枯黄
我不可以视而不见
更不想隐瞒自己

我在佛前，静默
只是，逼近朵朵桃花盛开的三月
我渴望用春天编织一个梦
梦里，花团锦簇，阳光透亮，幸福满怀
空气里弥漫着紫色的咖啡
和巧克力
还有浪漫的绿色歌谣
没有思想，没有私语，没有季节的种种痴迷
只有时间累积的一道道温暖
永久地将自己埋进春天

我相信这样的梦
一个人虔诚地在佛前祈祷着、静默着
期待石头能开出甜蜜的小花
凛冬的战栗
越过一场又一场雪的栏栅
一颗心，向春天皈依
从迷茫中醒来

# 起舞的苇花

夕阳，水岸
芦苇柔着身子，软着眼神
等恋人们回家

这些风的音符
水岸的长调

多像没心没肺的我
在起风的时候
开始唱歌

# 雨

掉进灯光
落在玻璃窗上
溅起绵白的温柔

三月，避让不及
涌进满地绿色
一条又一条

不想跑，害怕乱了阵脚
任由细韧的光线
顾影自怜

# 闻香

在青山之上
比雾更有思想
用升腾的袅袅雅静
将文化渗透

你看不见的是味
你听不见的是道
你摸不到的是魂
一切，只随风
随缘

再匆忙的蜜蜂
一旦醉落在水墨般柔嫩的早春里
都不愿醒来

## 端午汤

扯一把沉思的艾草
和上沙沙作响的桉树叶
一起碾碎，搅拌
田坎坡崖上知名不知名的时令
野草，将全部的酸甜苦辣
煎熬成一口大铁锅
沸腾心头的是端阳发生的故事
连淡乌色的汤水
都能百毒不侵

## 八月的约定

巧七过后，用一个季节
追赶桂树的花香
思念是馅，等日子
捏成月饼，挂在天上
续一个约定

渐凉的夜色随风奔跑
秋菊，梳妆更亮更圆的天空
不断将褶皱打开
露出笑脸

老屋的灯更亮了

起伏的笑声从窗缝爬出来

月亮绾出一个圆

打开千万只耳朵，聆听

絮叨的家常

窖藏的半坛酒

封不住

弥久的香

# 赏叶（组诗）

## 叶　声

微弱的颤音
从虚无时空中
传出喘息的莺语
幽深的情意
幡然从夜色里醒来
填满惊慌的耳朵

## 叶　韵

很难说明白像什么？
有人说像小船

有人说像一幅画
我总觉得那婀娜的风姿
会从嫩绿中发芽
像极了春天

## 叶　观

千姿百媚的绿
灵动雀跃于心形，圆形
根部喂养的蜜
涨满了清亮的脉络
水漾的情愫
不断从眼里溢出来

## 叶　味

品味原始的馨香
酸甜苦辣在生活里不停滋长
太阳的光合作用
只为赐予独特的嗅觉
让你余味悠长

## 叶　语

用不同语言的妙

烹制出美味

自然的音韵

从春到夏绵延到深秋

即便是寒冬无声

也能领会

生命的赞歌

# 一朵桃花

一朵桃花的幸福
背景是蓝天、白云以及快乐
与另一朵桃花竞相绽放
芳香四溢

伏地倾听的足音
通过软语呼来蝴蝶的翩翩起舞
随身而过的细柳腰肢
缠着燕转莺啼的轻柔发丝

桃花笑了。一朵接着一朵
不管是粉的还是红的
幸福而快乐。剩下斗艳的花瓣
倔强地把枝丫咬得铮铮作响

# 牵牛花

墙边的你，还在向上爬
每长一寸，就提一下喇叭
对着天空把凯歌奏响

经历现实，不畏惧什么
只是一心一意地坚持
向上，向上，一直向上
即使再多苦难降临

你把凄凉甩在身后
百花踩在脚下

一阵嘹亮歌声后
清水百合也自居朵下
陷入淤泥

一株牵牛花，一棵向上的心
总是这样，向上，再向上

# 红辣椒

跳上山坡，汗水浇透绵延的绿意
抹上夏天的颜色
比金色的太阳更加耀眼

萌萌绿荫
渐次铺陈热辣的画面
锅里翻滚的
是天南海北的火红故事

喧嚣的背后
枯坐于冷寂的夜晚
思潮纷飞。秋天
又举起一对向上的喇叭

## 半空的浮萍

没见到崔嵬的山，没见到奔腾的河流
没见到香炉延绵不绝的香火
只在行走的时光之上
瞧见绿，折出一段故乡的思绪

水中倒影，紫色梦境
像极了茂盛的森林
谱着一曲浪漫的墨绿调子
如千军万马的不停咆哮，厮杀

身影落在心中，那是一片圣地
犹如一只蚂蚁产下的蛋

有斑斓的生命，有激情的智慧
萌动着一片涓涓绿意

千万颗绿色的种子
种在白云之上，在清风中
汇聚长江，流向大海
追赶着心中的那片绿洲

## 春天和我的较量

白天和黑夜较量，白天赢了
明媚拖出一段长长的视线
将焦黄的季节推远
鸟儿叽叽喳喳唱个不停
歌咏着春的到来

清雨和干涸较量，清雨赢了
草根从沉闷的一季中醒来
喝饱雨露的滋润
兴奋地从泥土里探出头
张望着绿油油的大地

勇敢和胆怯较量，勇敢赢了
鸭子试探了曾经冰冻的水
用嘎嘎叫声驱离寒冷
万木千树赶紧洗却枯枝败叶
吐出青翠的纤尘

春天和我较量，春天赢了
朵朵桃花次第开放
连凑热闹的梨花
也从潺潺的林下小溪滑过
羞得我满脸一片煞白

## 远处的烟火

远处的烟火在黑暗中忽暗忽明
像儿时村落的影片闪回
叔叔伯伯叼在嘴里的黄叶
被碾碎在苦闷的日子里
我很想遗忘这些老旧的东西
即便黄狗的大尾巴还在快乐摇摆
我也不愿想起孩提的隐痛

远处的烟火在黑暗中忽暗忽明
像美国影视大片充满了跌宕
用力，拥挤，碰撞，奔突，他们和我一样
被点燃在一飞冲天的烟花里

思绪还来不及细数就被乡愁刺痛
即便远处的炊烟流进繁忙的五月麦田
我也想留住一些快乐和幸福

远处的烟火在黑暗中忽暗忽明
像此时我纠结难挨的情绪
用一些聒噪的词汇游离笔锋
让新旧两个世界在除夕炊烟中黑白分明
一边是村口老槐树的牵挂
一边是阳台上逢春的枝丫
都渴望凝住一段时光

## 蓝雪梦

我抱紧手中的书
抬头望了望长江的流苏
窗外，阴暗
天空只剩下蔓延的黑

这种静寂。我喜欢
尤其是临近冬天的夜晚
做梦。比如，没有风，没有雨
只有纷纷扬扬的一片蓝

蓝色的水，不断充盈在眼里
突然，金星炸开的瞬间
光影晃了晃
景致，如佛前的烛火

# 风的背影

像灯一样写作
用灰烬说出爱和悲悯

一场虚无
又虚无的奔跑
留下隐形的翅膀

缚住温暖
抑或某种惆怅
均能以补丁的形式
打上烙印

## 冬的慰藉

季节的风已经带走
快乐的人群
在缤纷的雪花中
颤抖的手抹去眼泪
倾诉内心的呢喃
从此蔓延的孤独
品尝爱的空白
凄凉的冬天
用真诚想念古老的童话
卸掉沉重的相思
颓然倒塌在亲情的墙角
哀鸣的手指

在旷野里寻找重生

迷失进自豪的梦里

飘过的雪花

最终画了个句号

诱惑着生命的力量

虔诚和失望

欺骗着我们

淹没冬日的萧瑟

唯见多情的慰藉

## 梨花的寂寞

被冷落了的时光，被冷落了的地
被冷落了的女人
一条被冷落了的林间石径
玉树，琼苞，轻纱白
暗香浮动。她，来自哪一个落寞的枝头
噙着露珠
凝目远山的那一片绿荫

在这个春天，我的冷落
不敢发出一点声音

# 忍不住的倾慕

碰见冷落，我习惯将热心肠打翻
让生活每时每刻充满活力
好吧。现在从梨花的浪漫来介绍另一个自己
我是一个无情的人
快乐。悲伤。日子里没有太阳和月亮
隐忍。沉默。生活里没有光明和黑暗
所有的美梦都有场景诞生的影片
你看。你看清了么?
我瞧见被冷落了的女人
不能安静下来

# 遛狗的目光

遛狗的目光，蔓延着一路的香
两只高脚鞋，在光滑的草坪上蹭出亮色
每声响动，都跳着一种雅致
风中飞舞的毛发，一片一片飘下来
像漫天的雪花，萦绕着
快乐的节拍。嘘，不要鼓掌
小心惊了狗儿的一场春梦

粗大的铁链子，趾高气扬
向我走来
一阵洪亮的吠声之后
露出满地的谄媚

晚霞的尾巴，夹着一夜羸弱
唯唯诺诺跟进黄昏，等待
温暖的拥抱

人前是高高在上的强者
人后乞讨着缠绵与暧昧

## 二月断章

### 1

二月春风，吹醒惊雷

江边，我变成你，杨柳树下的千丝裙摆

### 2

我，从冬天拂来，乘着暖阳的温度

翻山越岭蹚沟跨涧，只为，与你痴情相约

### 3

偶然，遭遇寒流。却在这里碰上你

想，易；见，难。只有以情的名义，珍惜

4

羞涩，悄悄爬上眉梢，扔下四季棉袄

绽放在樱花丛里，有些肆无忌惮的显摆

5

一江的春水，哗啦哗啦，在淅淅沥沥中

成为时间的过客，有些悲凉，不知所措

6

剩下满地春阳，开始拉扯着椿芽的嫩绿

唱响骄傲，立在腐烂的冰硬枝头上

# 七月，让暧昧流动成诗篇

## 1

七月的蓝色
被叽喳喜鹊搭起
一座桥
流光溢彩的情
幻想
一抹嫣红思念

目光里的七夕
暧昧
欲语还休

## 2

爱，是婉约
是一首轻盈的诗
不断更新的情节
铺陈着
缤纷

我，无法出逃
这段幸福的
情结

## 3

念想夏夜初荷
湖边，携爱
唱着童谣
花中的花回眸
一笑，看风铃儿
守着仙人掌
期盼，享受有福的
今生

## 4

不约而至，四面山的
更多花絮
从蓝色的梦里
倾听雨落
不知不觉，那抹倩影
轻轻掉进淡雅
我说
——雪里梅香

## 5

蜷缩于最深处的峰峦
在震颤，拨开迷雾
回放的旖旎里，你柔软如水

那只打坐的蝴蝶
用目光追赶一抹背影
渐行渐远

## 6

我是浪人，行走着江湖的人生

从四面山到瘦西湖，从南滨路到北国之春
唯有五鱼山，撑起我的落寞与沧桑
半遮半掩的乡愁，于夜晚
融入月辉
孤单，于漂泊后
溅湿双眼

故乡的明媚，适时从对岸
奔袭而来

# 花卉园文学沙龙会

在花卉园文学沙龙会上，大家围坐成一个圈，很圆很圆
我也不例外，每一次都形象鲜活。灵动的眼神像个太阳
也很圆很圆。悬挂的笑脸都热情洋溢，彼此感觉很温暖
手掌的清茶随着香气氤氲而升，文学交流就这样开始了

急切的恳谈总是最先蹦起来。青草们分享着鲜嫩的春天
常青藤为何能枝繁叶茂，陌上桃花李花又如何争奇斗艳
每个问题都可以请教可以探究，传道授业解惑，你帮我
我帮你，好为人师交融互助，心有文学梦，感觉特温暖

嘴巴干了，抿下甜甜的茶香。水杯干了，再盛一壶开水
透明的水圈不停摇晃，被阵阵炽热的气浪冲开一个口子

写作，写作，唯有拿起笔，才能听见文学最铿锵的声音
一株株幼苗探出头来，如泉水涌出，泼墨山林流香书韵

多读多写。郁金香点了点头，玫瑰花也鼓起了热情的掌
就连海棠花羞红的脸，也跟着红叶石楠直白地表达敬意
是的，必须拿起笔来——写作，再写作。光写作还不够
还要发表。聆听大树繁盛的足音，我吮吸着明媚的阳光

# 文学沙龙会

花卉园的青草们
分享着鲜嫩的春天
我们围坐成一个大大的圆
每一个眼神都像太阳
每一个笑脸都很温暖
嘴唇和茶香邂逅，微风里
飘溢着与文学相关的字符

你讲我听，抑或我讲你听
专注是持续的状态
从常青藤为何能枝繁叶茂
再到陌上桃花李花又如何争奇斗艳

我采集你洒下的雨露
你汲取我沉淀的养料

当我们走进彼此的心海
蓝天下的笑声多么鲜活
郁金香，玫瑰花，还有海棠
一致频频点头
树叶哗啦啦为我们欢欣鼓舞
大树下，我贪婪地吸吮着阳光

# 跳跃起来的心情

阴雨追赶着太阳的脚步
顺着长江钻进小树林
把惩恶扬善刻在黄泉路上
白日飞升的影子
醉卧于望乡台

动情的一滴泪像极了昙花
开在奈何桥上
肌肤被霏霏的细雨刺得筋痛
惊起原本梦中的那只蝴蝶
在幽深的草丛里蹁跹

跳跃的七里馨香

千回百转的历史仰望

像遇仙桥婀娜多姿的蝴蝶一样

轻轻抖落翅膀上的粉尘

在五鱼山化蝶成仙

## 让幸福忘记迟暮青春的流浪

一江春水，一滴情泪
跌入红尘，飘至渡口
开始追赶黄河尽头久已失传的残阳
趺坐对峙，黑夜击碎千年人狐的迷茫
不经意地留住无奈，苍老自己，鲜活祈盼的翅膀

你说，长江不是尽头
流传人狐的爱恋，很执着，很温暖
总期待偶然能有一天再相见
书声踏蹴为笑，曼舞滢洁剔亮的花枝
横的曲，竖的平，即使潸然落泪
也能度过乍暖还寒的三月

你说，不满替母报恩的婚恋，却宁愿用这一生
等我发现，你无私的爱
一直在我身边，从未离开

想以往，绣球旋动的声音，熟稔着
红尘烟雨，情爱昵语，傻傻地
牵着手，和你永不疲倦地走向天边

忆今昔，桃花初红灯花骤冷，凝眸如约而至
我开始描摹柔软的风，吹四月的画舫
不问今生流年

牵手，彼此允诺
让幸福忘记迟暮青春的流浪
即使耄耋老人，几缕白发
爱，仍能在诗歌里，长久守望

# 第三辑　游走的灵魂

## 名家读诗·邓毅

诗人生活在虚与实之间，诗歌语言是虚和实、真和幻的空间艺术。《春天，我一个人在路上》是诗人郑维山运用具体概念抒发主体意象情感的一篇叙事诗歌，他通过特定语符、语境，构设诗歌张力，用一个或多个意象与含义，传达所想表达的味外之旨、象外之象，贴紧又高翔，尤其是郑维山把几个特有的春天景语依一定序列集中起来，将本来朦胧的一种时光意绪，经由形象、比兴、隐喻的表达方式，自然而简单地描绘出一个萧瑟苍凉的诗歌意境，借以疏朗自己彷徨悲苦的生活心情，给人无限遐想。如果说所有文学作品都具有情感性，文学家是“诗人”的话，那么，郑维山和他的诗歌，就具有更加浓烈的情感并专以抒发情感为己任，他将诗歌与生活、诗歌与灵魂之间的关系粘结起来，以叙述的语言逻辑获得形象体系的思想说服力，不仅不至于失落诗与生活，而且还由里及外，掌控着情感的蓄积和激发，形成诗歌语言的组合、间断和阻隔，获得作品所散逸的独特力量，留下了无穷的想象空间和审美趣味。

（邓毅，重庆文学院院长，重庆市作家协会副主席）

## 名家读诗·周鹏程

诗人惦记着一件毛衣，思念着一段往事，这是青春美好的回忆。那年少的黑发时光已经像泛黄的落叶一地清冷，真是无可奈何花落去！人生悲欢离合跃然纸上。人到中年，在寒冷的冬夜，突然想起读书时代，琅琅的读书声依然不绝于耳，翩翩少年挑灯夜读，花季少女像彩蝶在春天里飘飞。“粗棉布的白衬衣”“煤油灯”这些典型的时代符号，唤起了70后一代人的共鸣。诗人借“一件浅绿色毛衣”这个物象，寄托对朦胧岁月的回味，寄托对青春时光的无限追忆。那个“调皮的男生”也许是自己，也许是一群人的代名词；那个黑长发女生，也许是懵懂的初恋，也许是永恒的友情，也许是尘封的一季岁月！诗歌语言朴素，意境明显，寓意深刻，耐人寻味。春天总是要过去的。梧桐没有开花，没有结果，也没有说一声再见，就匆匆告别，剩下一件浅绿色毛衣，成为人生永远的回忆！不必用逐字逐句的方法去解剖维山这首诗，细读这首《一件浅绿色毛衣》，诗人的博大情怀，读者自会从文本中看见、体会。

（周鹏程，青年诗人，中国散文诗作家协会秘书长。）

# 腾飞吧，聚丰

## 1

改革的春风吹透了元帅的故乡
石头不再保持缄默
用信念垒砌梦想
酝酿着钢钎撬破黑夜的奇迹
在无人关注的角落
种下一粒希望的种子

逢春的新芽
从智慧的源泉里
凿开与春天相关的所有词汇

集聚在一九九七年的响水路
一叶惊艳
闪亮了所有人的眼

## 2

叶片的绿一天比一天葱郁
自豪从时光钟声里衍生出来
聚丰阁、聚丰苑、聚丰大厦——
无数以聚丰命名的希望
不断从石缝里破土发芽
丰盈了初春的明媚

行走在地产的江山之间
坚实的脚印纵横捭阖
用勤奋镌刻出美好的蓝图
在巴子别都，在被称为天堂的五鱼山
种出大众的精神食粮

## 3

一个家，一颗心
在跨越的时空里得到完美的诠释

一株幼苗温暖的向往
一块石头炙热的思想
在寒冷隐忍中培植出博大的胸怀
人聚财丰的能量
汩汩奔流在四肢百骸的脉络
向上，再向上。努力拔节的声音
将流逝的光阴谱成灿烂星光
一次又一次
把墨色的夜，涂满梦的斑斓

## 4

梦想在黎明插上飞翔的翅膀
关于艰辛、艰难、艰苦
日复一日用肩去扛
如今，聚丰这棵参天大树
在蓝天白云下
永远屹立成一道独特的风景

宽广浓郁的绿荫
滋养着无数的行业和领域
金融投资，地产开发，酒店养身，旅游文化
大树的每一棵丫枝

都盛开出一朵朵绝美的心花
吐出骄傲，歌咏明天

## 5

时代给了一次契机
聚丰人还了时代一个期盼
聚丰，这块闪耀着珍珠光芒的石头
正用强大的精神和思想
在赶往新年的路上
散发弥久的暗香

所有的风景都是怡人的
所有的眼神都是热烈的
聚丰，用信念喂养每一个日子
一路收集阳光，清风，雨露
不断奔向辽阔的远方
铺出一地金黄

## 春天，我一个人在路上

春天，我忘记了自己从哪里来
又将去往何方

### 1

在冬天，我一边受伤一边成长
一边寻找
一条真正的道路

一条蛇，在生活里中毒
使我犯下一个致命的错误

那天，1999 年，7 月，18 日

如果存在退路
我愿意重新回到起点
羽化成一只信鸽
自由飞翔

## 2

盛开，飞舞，苏醒，回来
这些在春天发生的词语
经常毫无意义
就像一个女人举着伞
看阳光和雨滴的厮杀

生活的无奈，在于：
身处天堂，却要经历地狱的修炼
一只雪白的天鹅
跌进深绿中

## 3

未来的希望
也许只能爱上魔鬼并以身相许

可我的思想
是看桃花与蜜蜂的交流
等一个结果
让我老了能安心死去

## 4

春天的梨花在五鱼山的悬崖边坠落
花香追逐蜻蜓，天鹅，还有一地阳光
情谊在我身边疯长

我看到许多青蛙的尸体
被水泥不断掩埋
文明的进步让世界的功臣覆没
我看到许多春天的王子
被一段段虚假葬送

## 5

我的某种绝望来自于对春天的希望
来自于对无助的失望
来自于对花开花谢的守望
时间化成阳光雨露
滴落我的头上

## 6

春天的色彩，一直在寻找
一只合适的手
最终以主人的姿态，找到了
文字的河流

在深夜，袅袅的梨花还在纷纷扬扬
它养活了唱歌的鱼
连同青蛙，乌鸦和蜻象
还有运往屠宰场的猪
发出感动的声音

## 7

我向往的天堂
大学，马路，洋房，汽车
还有高过楼房的翅膀
让我回到多年以前

那也是一个春天
我的习惯，我的懦弱

一双虔诚的手
伸向了宗教

关于它们，我睡不着

## 8

每一种声音都回荡在空荡的马路上
我开始难受，悲伤，痛苦
一串串的眼泪从宗教的指缝里溢出
手指在腐朽
诗句在呼救

我一个人走在路上
令人窒息

## 9

我狠狠地把一块石头扔得很远很远
这只被误读的小鸟
就让它飞吧，飞得越远越好
但它死去了
死在一只乌鸦整个冬天无休止的聒噪声中

## 10

我同情冬天的休眠，想象和思索

在这个春天，我又要重新上路

让一个春天替代另一个春天

把自己赎回来

不再像死人一样活着

## 风雨过后是彩虹

狂风吹过，暴雨接踵而至
黄弦明快的蓝色雨水
犹如战马的蹄声
惊醒了姹紫嫣红的遐想
这一刻，所有的门窗都紧闭着
把迷离关在喧嚣的屋外
藏入朦胧中

雨停了，风停了
夕阳跳进轻飘细雨里
甜甜的小水珠迎着醉人的晚霞
在天空滑出一道优美的弧线

红橙黄绿青蓝紫啊

像仙女韬光养晦的诗

把能说的不能说的落地生根

立在江山之上

# 又一季

## 海棠之花

一只花蝴蝶，从一片绿中飞来
在云台之上闪着星光，乌黑的头发
仰望一季春天，随树梢舞蹈
红色的，绿色的，各式各样的
目光，醉了一地

## 不期而遇

一群群陌生的，熟识的面容
在这个寒冷的夜晚，居然转了一个弯
羸弱的煤油马灯，琅琅的读书声

相遇山道，从雪地里醒来
一件浅绿色毛衣

## 回转光阴

水鸟的青翠，穿过江南，偎依山石
缓缓疏虞晚霓深处的一道泥泞
风霜旧岁，有满堂的黄皮肤
有油亮的黑头发
有闪亮的眸子，有你，有我
追赶的马鞭

## 恰同学少年

小洋楼，苦咖啡，抑或一杯香茗
一段文字，贴近大地隐隐作痛
一片泛黄的梧桐树叶儿
迎风吹起圆舞曲，折叠成翅
在梨花带雨的杨柳岸
挥斥方遒

## 珍惜已得到的爱

我知道，快乐其实很简单。但简单得太短暂
这或许是一种习惯，习惯里有一种状态，犹如浮生若茶，一撮清香，轻飘四逸
淡淡的，沁人心脾
我知道，要这样去读懂人生，很难。难的不是明白此中的人生玄妙。难的是领悟中有一种无奈，犹如血腥的历史画卷。震撼中，无耻与精彩同行

我常用第三只眼睛看动物，用第四只眼睛看人。
比如命运，像茶投入一壶炽热的沸水
因为沸腾，茶就被逼出了春雨的清幽、夏阳的炽热、秋风的醇厚、冬霜的清冽

但其实这样的比较，觉得有些无耻。因为人性，总与肮脏同行

困惑中，翻历挫折和坎坷，生命总是存有那丝沁人的清香
或许，这是一个人该有的思考。尽管，思考的结果显得无助；偶尔表露的冲动显得茫然
但这样的人始终有映在眸子里的智慧和坚毅，还有别人摸不着的乐观和宽容
深藏的，更有别人不可轻易明了但永葆内心深处的责任……

真的，能不再这样思考了吗？能吗？思考总是徒劳的。快乐，人生，这些我无法解读的复杂词语
让我览尽了人生的绚丽，在挫折中学会感恩
学会珍惜，笃信真正的价值——自助者，人助，天助
其他的，当韶华已逝，健康不再，只有珍惜已得到的爱，永存心间

# 一个人的孤寂

走着，走着，前面没有了路
一个人孤寂的习惯
不需要考虑路的方向和同行的人
是福，是祸，都没关系
也不影响别人
只剩下生与死的自然
寻找着栖身之地，隐忍
唯见恋旧的烟火
陷落时光

# 邂逅你之后

夏夜，酒后
我一个人流落街头

灯影里
风和你，更加清晰
推开一扇门，关闭一扇窗
不动的，仍是说不出的回忆

越来越深的夜色
变得悠远静谧
你轮廓之外的萨克斯歌声
原来那么甜

# 一件浅绿色毛衣

冬夜，在江水的呓语里
我开始翻寻一段又一段季节的往昔
琅琅的读书声，粗棉布的白衬衣
挑着一盏闪亮的煤油马灯
醉落成星光，和鲜花
仿若一只蝴蝶飞舞

逢春的海棠花，迎着快乐次第绽放
诱人的幽香
散成乌黑的一摞长发
被后一排，再后一排的调皮男生
扯出满堂春色

那个春天，我记忆中的梧桐树
没有开花，也没有结果
只是在枯藤老枝的葡萄架下
被一双纤细的小手
织成了
一件浅绿色毛衣
从青涩的果实
到泛黄的一枚落叶
直至一地清冷

# 有家不可归的人

很多情绪像野鬼游魂
在巴子别都
我望着地狱门口打了一个盹就被时光遗忘
缠绵的爱情，生活中的一些幸运，开始从鬼门关逃遁
黑白无常冒着丝丝冷雨
浇透了二月桃花的朵朵嫣红和栀子花的香醇
面对迎春的三角梅，我什么都不敢再提及
我知道寒冬里会有某种萧瑟
剩下的一点点沉寂还在和判官理论
永恒。挚爱，温暖，抑或人生的凄寒与落寞
都将成为世俗的目光
和别人眼中的流言蜚语
我站在交错的十字路口
情绪，再次被沉默渲染
不知该去天堂还是该去地狱

# 丢失的恋爱

## 1

一场雪，透心的寒
僵直的老槐树
耷拉着竖起的耳朵
在风中不停摇曳
却闻不见丁点声息

最冷的季节来了吧
我想，这是真的

只是，还留下倔强
在期待春天
暖人的脚步

## 2

又到了初春二月
写情书，说爱
讲生活中的福气
渴望和恋爱有关的
一切复苏

再或者
谈论诗歌语言的运用
在回忆的缠绵里
做一个好梦
期待蝴蝶骑上白马
腾空飞翔

再或者
欣赏墙角的三角梅
红了又绿
绿了
又红的娇艳

## 3

往事很丰盛

一年四季的春花
在时空隧道里开了谢
谢了开。在起起落落中
红瘦绿肥

我无法避免
也无法逃离
相信这是生命的劫
还会不断轮回

## 4

我很想停住春天那个季节
看花红树绿
赏青松翠柏
再合一曲琴箫合奏的蓝调
一起踏歌而行

无奈，故事总难圆满
就连寒冬的蜡梅
也会逢春凋落满腔的愁绪
剩下丢失的这颗心
自个儿吹出一段幽怨的琴思

## 遭遇小人

同样的人，是不同的性格
就像看到的眼睛，有些大，有些小
心眼也一样。话挂上嘴边
是光鲜的，你需要顺其自然，才能听清
内心的弯曲不一。有类人，嘴脸黑
很多人看不见他的面目
我也时常恍惚。于是——
我数着骨头
坐等神一样的心思
被岁月碾碎

# 我有时不想和空气说话

确切地说，办公室的灯光并不敞亮
我有时不想和空气说话
他在我眼里是透明的，无味的
不时散发着阵阵恶臭
令人作呕

秘密的真相，令人讶异和不安
一只老鼠跑进办公室
卡在了门缝里
在死亡之前想同灵魂一起腐烂

必须更换一个形象

我喜欢清晨山林的风
舒爽、惬意，像田园开满的花
在阳光普照之下
即使积满淤泥的十里荷塘
也会有一浪又一浪的巨大涟漪

# 伤

关上门

孤独地在床上

悲牵着伤

剩下余热在榻前徘徊

恍然有影

从左走到右

又从右走到左

来来回

回

闪烁的荧屏

跟前次很不相同

缠绵与相思

交替的黑白颜色

从上锁的爱情

奔涌而出

# 忏悔

我担忧在神灵面前藏不住秘密
更怕在一场大雨之后被太阳激烈暴晒
或者遭遇突如其来的一场雪
将日子的所有温暖彻底掩埋
我无法不忠实于自己古朴的河流
一如既往地向前走着
在一截又一截旧时光中
不管是表象还是某种主观的臆断
坚守真诚
于自己的一线光明

## 许枚心愿

许一枚心愿，踏进二月
渴望春风，划过黄昏
以季节的名义
吹散过往冬天的凛冽

突然，用今夜笨拙的姿势
颤抖着提起画笔
静静地
素描淡染起此刻的空白年华

身影，随着萌动的思绪
从摇晃的柳条裙摆中

撩拨起昨日的暖阳
飘散着记忆中春天的禅絮

我渴望用一些莫名的情绪
翻动这个季节的春芽
给生命刻下永恒的铭文
点亮余下的多彩日子

听，远处传来一种声音
低婉，有些多情
越过宁静的大地
抚慰起心里曾经的忧伤

只是，窗外皓洁的月影
洒下滴滴相思
随风泛起点点绿意
开始长满青苔般的文字

孤寂，没有尽头
悄悄酝酿清晨的甘露
期待醒来
仍然是一位隐忍的执着行者

## 游走的灵魂

城市在高歌的午夜
呼啸进柔媚的风里
黄昏声嘶着《Hello》的光影
袭来阵阵眩晕空虚的灵魂
滑稽黑夜游离进喧嚣的人群

捂紧口袋钱早已花光
仍无法停息热情的红酒
浸饱肚肠还要摇滚猪猡般的腰
舞动的手始终不曾落下
冷清地品尝孤独的欢愉

勇气套走理智游走灵魂
枯竭地眯着眼睛
路过城市最高的建筑
呆望进忧伤的深蓝玻璃幕墙
耳膜发胀血管发黑

一个人似乎认识
胸罩的肩带已经露了出来
好笑又好看地望着我
耳闻的车流没有声响
陷入无声的沉寂

突然
记忆的日子
不羁的灵魂
想拥有一颗安分的心
游走在城市里

# 也许愧对了朋友的热情

拉票的即时信息每天都会弹出
朋友送来的热情
总是一浪高过一浪
投票了没，兄弟姊妹伙些
亲人给亲人的亲人问好养成了习惯
朋友是这样的，同学是这样的
邻居们也是这样的
无数的真情实意触动了我的灵魂
希望梦想成真
刚褪去层层漂亮的禅衣
就看见坚守的灵魂
已体无完肤

# 拉票的七七八八

无数故事纷纷上演
投票，拉票
直至大汗淋漓的盛夏黄昏
再无法走进书里禅悟，静心
翻看烦躁的荧屏
有别人飞奔上涨的支持

灯影下感恩的茶茗被我吮吸了好几口
猛然，清醒的我
睡意瞬息全无

结局也许早已注定

情节和片段还得分级播放

一票，二票，三票——

我的票还在不断上涨

只是，始终赶不上别人跳跃的脚步

一本书流露的风云传奇

我开始喊痛

# 彼岸

从立春到三月，再到落英缤纷
一些未知的往事
也从曲折的山涧，跌进江水浩荡

你遗忘的那滴雨水更远了
我分不清梦中的蝶，是青莲
还是夏夜的风

不知名的野花还在竞开
一些低矮的事物纠缠
轻柔的风，吹起不明不暗的光线

恍惚里
绿的，白的，蓝的词语
从树林里跳跃而出

我无法靠近，只在彼岸等一缕晨光
吻上草尖，复活
一滴晨露的翅膀

# 遇见

这个季节，春意渐起
从温暖的江南跨过一条江
一座彩色的虹桥
恍惚往来的躲闪树影

行走的喇叭，莺莺燕燕
叫醒了牛郎和织女的期待
一场甘霖飘逸的爱情

心近了。触手可及
从二月到三月的飞絮柳语
盈满一份空缺
心神不宁

## 困惑

无神的双眸
呆望天空的黑夜
试图放弃
倔强的抵抗

让自己清醒吧
扔下承诺的旗杆
良心
从城门逃亡

就这样丢掉
迷失的心
还有身不由己的凡念
绕进渺茫的奢望

无知

无助

扎紧的私欲

觅食着虚幻的伟岸形象

恻隐的眼泪

泄露了沉重的心事

困惑的种子

可否迎春开出灿烂的花蕾

# 温暖

我翻了翻钱夹
空空的
我扒了扒荷包
仍是空空的

冬天就完了
我必须想一些充实的东西
还好，有你和我
还有这寂寞的文字
在这些最寒冷的日子里
温暖了我

# 晨曦

一束阳光打在窗帘上
惊吓了
树后的夜莺
黑暗隐退墙角

烂漫的紫色，从晨雾中探出头
角落的阴影
深藏着
一夜炉火的记忆

裸露的日子
在暖阳中
开出一地清香
赶走蓬勃的相思

## 无题

此刻，你不要说诗
让我一个人静静想日子
想日子里的你
是否
和我有过一起

哦。群里聊过天
聊过南客的嘴犟边沿的多情
聊过有福，自然在
一起的快乐
聊新年里
停不下来的
爱

# 冷水浴

冰凉的水从头上淋下
寒意钻进皮肤
我不想逃逸
水冲击着凄凉，顺流进嘴里

这样的态度，对我
是无奈的
开始了，就不想逃避
尽管，这有些残酷

冷水抽打着肩背
直了直腰身

失足的水珠全部跌落碎裂
连同赤裸裸的渴望

哗啦啦的水声响起彻骨的寒
窗外孤零零摇曳的树影
正在一片一片剥落我满身的污垢
我的心，忽然有了温度

不想遁离这世界的冷气
渴望冰冷探视血液的囚徒
劝慰麻痹的神经痛苦的表情
瞬间的渴望

我清醒地把水调到最大
让冰凉混合着失落一起流下
埋进那欲裂的肺里
任由刺骨的凄凉在脸上肆虐

我知道
洗涤后的躯体
关了冷水
最终会钻进温暖的被窝

## 晚点

一个声音，在广播里飞翔
很抱歉地通知，你乘坐的列车晚点
响了半个小时
又响了一个半小时
听说大雨冲刷了某个山坡
将一团稀泥垒在了我回家的路上
空旷的候车厅
再也听不到前方的讯息
小孩子开始要明亮的灯光
脚指头不断盘算着还剩下多少开心
唯有作为出气筒的手机传出无数杂音
以重启断电的方式表达抗议

沉默的我，望着漆黑的夜
耷下已然疲倦的目光
邻座的女子
让我再次想起家的温暖

# 媒人

当回忆戛然而止
逝去的也许是曾经的无知
翻阅光阴，只需一个印迹
便已永恒

生活走出一些心事
飞燕掠痕的是气度和容量
犹如观音的善
将桥架在陌生人之间

月老扮成你我
让有情的男女相思
无须解释

# 约爱有福

## 约

采风，成为一场借口
蹚过烟花三月，相约
巴子别都的蝶舞

善，铺垫一切
从雾霭朦胧里，坠落
琼楼玉宇的诗意
疾驰地渲染，无法逃脱的宿命

车轮，撩拨着眼神

延伸了脚下的路

寻梦陌生的人

## 爱

今夜。独坐屏前，静静想你

如五鱼山上的雕塑

保持一种姿势，威严而

端庄

摇曳的灯，将心拉紧

隐藏着无法说出的，孤单

与寂寞。只因落尘的灵魂

刚遗忘疼痛，又陷入

劫世的轮回

月色，穿透树影翻阅人性

夜，被层层剥开

种种疑惑，从慌乱中

掀起喧嚣，闯进呢喃

疲倦倚窗，挣扎着晃动的眼神

看见天使和影子

相互交错。此起彼伏的绿涛
从山上倾泻一地情思

## 有

情缘，故事未了
又从天堂开始，滑入
细腻的心，演绎醒世的
一场空明

无中生有，半袭甜蜜
从头，开始流传这千古的
一缕斜阳。温润而
纯洁

不。你想入非非了吧？
当飘过暧昧，即使羽翼洁白
也有奋蹄的烈马，驮来梦的忧伤
丰富闲暇的时光

有？没有？好像都不重要
不管前世今生，其实，重要的是
你今天快乐吗？今生你

有情义么？有，就好

## 福

有情，有义。自然
有福在。这是难违的天命
也是岁月的约定。从此存留
深深浅浅的幸福足迹

伸手，举起脚
一起踩上鼓点，声响
福满乾坤，犹如惊雷
拂过大地

鸟儿，从这惊醒中四散
唱起“福来了”的歌声
从桃花源飞到圣境天堂
在遇仙桥旁，绽放四季的绿意

器皿，用月光擦拭，
在青石上刻下，永恒的
关于福的故事。还有
天堂的禅韵和人生的情义

## 公开的情书

昨天，今天，还有明天
我要被迫接受一个事实
有人喜欢或讨厌
某些与我相关的文字

文字反射出来的情谊
与无奈，以及曾经消磨的时光
自然会掉进赤裸灵魂里
激起涟漪

真真假假的梦
开始焚烧我纯净的道德
就让恩赐或惩罚
直抵心尖

# 相思本是无凭语

风，刮过山头
撞击着孤独
渐次撕开陈旧的疤痕

窗外，玉米的穗须
蜷缩于摇摇欲坠的叶片
滴滴答答的苦涩
融进一片漆黑

夜，揉乱心思
一如青山的丛林
飘摇的声音，碰撞着
延伸无序的情思

依稀，初窦的弦音
孩童般的清纯，蜿蜒而出
洗礼，一弯寂寞的素月
一脉的莲香

无奈，永恒的记忆
还是写下无耻的过客
一缕红尘，体会潇洒的转身
感受，曾经的精彩

爱过，恨过，抚琴扬筝
矫揉造作，裹在一起

幸福是你的，失落是你的
伤痛也是你的
就连现在的孤单与寂寞，都是你的

隐隐，别人发出轻微的嗤笑
穿透夜，撩动着内心
相思本是无凭语
莫向花笺费泪行

# 风，为何此刻还不停歇

心，在夜里徘徊
企图，穿透夜的孤独
触摸远方

思念，又一次托起
冻僵的脚步
疏忆流影
惋惜往日那些枝枯叶落的甜蜜

雨，敲击着空洞
城市的记忆，阵阵忧伤
体味唇边残存的余香

梦，在脚下任人践踏
醒来，留下无知人群的嘲笑
挥洒着苦涩

风，为何此刻还不停歇
任由我静静地把往事
卷成一支笛子
轻轻，吹落一地惆怅

# 牵手

你说。有缘
我，在同心道上
等你

一等。就等了千年
阴王成仙
麻姑归隐

我
也，变成
遇仙桥上
痴情的一道风景

今天

你，终于来了

在玉皇大帝的见证下

牵手成影

# 情人节，我没有情人

2 月 14 日，是情人节
我不懂西方的浪漫，没有情人
七月初七，是情人节
我不懂天堂的秋月，做个凡人
看不见牛郎与织女的相会

此刻，在苔藓渐长的遇仙桥上
我开始听起断桥长箫的幽怨
想烟柳岸边，西湖静卧的臂弯
渴望百年黄葛下的柔风轻拂

我细数一瓣瓣玫瑰倾诉出的深情

我体会迷醉瞬间燃烧了的激情
总是永远没完没了地
续写对你的思念

我孤单地吟唱传奇
一滴泪滑落，打湿了这首诗
情人节，我没有情人

# 生的日子（组诗）

## 娇阿依

坡陡路窄的山
浓郁的绿滋养着水的丰腴
让深处蕴藏的美
沿着乌江
一直蜿蜒到长江
情思荡漾

记忆词典里
有一声四十年前的清脆
迎着岁月的门槛惊艳了这个寒冬

温暖喂养出这首诗

取名，娇阿依

## 幸　运

影子从鹿鸣的隆冬走出

数着一只又一只

脚印，在空山新雨后

倒立着美人儿和伞

青色和红色，花和叶

在同心道上

守望着遇仙桥上的前世今生

## 缘　分

真遇见了。在七里花香的季节

乌江绕了个大大弯子

才将一汪碧绿流到了五鱼山下

神明闭口不言

某些私语，比如缘分

总会跌进春天里

破土发芽

## 祝　福

这是我见过最单调的日子
没有玫瑰，没有巧克力，没有甜言蜜语
只有这几行文字
被一只无形的大手牵扯成线
虽天各一方
却依然能够看见时光流云的感动

## 永　恒

生活，习惯了写生的模样
日子一个接着一个，没有新意
人们都说，生的日子应该给予祝福
如此种种，我都写进这首诗歌
有人一定会说这样没情调
是的，我本就是一个没有情调的人
恐怕老掉牙，也还如此

# 第四辑　温暖的怀抱

## 名家读诗·傅天琳

这片有着血缘、亲情的土地里蕴藏的煤，和诗人血脉相连，是诗人创作的缘由，是维山诗歌《煤》的题目。维山的父亲，一辈子在暗黑的煤窑里躬身劳作，最终积劳成疾，患上了矽肺。在读《煤》的过程中，我清晰地听到了其父亲咳嗽不止、胸脯剧烈起伏、喉咙里发出嘶嘶的干湿啰声，看到了儿子在一旁的焦急、不安与无奈场景。“干呕的胸闷”“不知手该搁在哪里”，一个没有极为生动、深刻的细节，没有半点装饰，却将父亲的爱与生命的疼痛融为一体，让读者也感到呼吸的紧促和内心的战栗。维山用父亲“别费神了”来加强诗歌的深度和热度，因为“再洁净的空气，也洗不白煤炭的黑”。全诗句句深情，不多不少恰到好处的意象增添了作品的感染力，是一首走心的有生命力的诗。好诗!

（傅天琳，女，鲁迅文学奖获得者，中国诗歌学会副会长，重庆新诗学会会长）

# 名家读诗·赖孩儿

俄国文艺理论家杜勃罗留波夫说过："一个真正而崇高的诗人，从来不会只沉醉在本能的感情里，丝毫没有理智的顾问。诗人的思想越崇高，思想在他的诗里就表现得越完整，它和内心感情的结合也越是紧密。"对此，诗人将自己丰富的感情材料涌入笔端化为诗篇时，再"驰思"一番，才有可能创造一个感情更深刻、更能触动别人心弦的艺术境界。我读了《深夜的舞蹈》一诗，总感觉郑维山之所以能写出这么一首动人的诗歌，与他具备的那种"创造情境，实现特殊的审美要求"的特殊技巧是分不开的。他在抒发经过提炼的、具有个性化的感情，展现自己的精神世界时，也同时在创造自己的形象。比如诗歌中这样写道："曲终无法散尽／重回起步的歌谣／兴奋的儿子／还要不断地／享受深夜里这种独特的舞蹈。"在这里，一种令人感动的父爱跃然纸上，一种呵护儿子的情趣令人难忘。这正是朱光潜先生《诗论》中说的"情趣如自我容貌，意象则为对镜自照"，在诗歌中有这样的"深得其情"，自我形象是非常突出的。

（赖孩儿，红袖添香呼噜论坛创始人之一）

# 父亲与老屋

村里的那间石碾已经冷落了多年
顺势流下的自来水，早已没有了嬉戏和顽皮
炉膛忘记了火苗的热情
布满老茧的一双大手，青筋突兀地
把父亲磨成了老屋

好多年，任由岁月隐藏的父亲
独自坚守在老屋里
捯饬着熟悉的泥巴和落叶的快乐
每一个邻里深深浅浅的脚印
问候，记得清清楚楚的

如今，父亲老了
有时候一个人大清早就不停张望天边
有时候深夜还在院坝里流连徘徊
好几次，他不舍地在村头向我挥手失落
让我想起一棵老树在山垭口的坚持

父亲，真的老了
屋檐梯坎上有了光滑如翠的苔藓
郁郁葱葱，纹理清晰
父亲佝偻的身影，形如根雕
扎根老屋，还在不停生长

# 父亲

## 1

黑色的煤渍
填满沉默的胸膛
委屈的身躯
拉长焦虑的脸庞
沉重的信念
饥饿着一天攀爬
用挥汗的手扬出嘴中的食粮
喂养迷茫懵懂的希望

严厉的铁拳
穿过大山的威严
疲乏的脚步

越过颠簸的脊梁

一双斑驳的手

点燃一盏盏羸弱的马灯

摇摇欲坠

一叶没有光亮的肺

承受无法抗拒的窒息

将生的希望垒砌

在黑色的隧道

一个符号代表心愿

一句问候就是希望

瘦瘠的身影

把不多的交流信息

传过长长的年轮

把悲凉和伤感

通过摇摇欲坠的信念

无端袭进

煤工的未来

## 2

夜深的大山

草丛里有点点煤火苗

一闪一闪

那是你的眼睛
倦意朦胧
无法抬起的眼皮
透过一丝的眼缝
注视着经年之后的未来
辛苦
不经意间
烁烁的目光
轻轻越过双肩
瞧见了儿子考卷上
唯一认识的一个优字

子时已至的黑暗
悄悄地如同你的脚步
没有一丝声响
蹑脚地轻踏至儿子的床沿
遮住所有寒冷的通道
把温暖放牧
陪同或轻或重的鼾声
掩盖了所有的恐惧
飘摇于夜色里的风声
和无尽遐思

## 3

太阳躲在厚厚的幕帏边沿
人们还在沉睡
看着板门外摇摆的月光
你灰暗的身影
在最安全的时刻
看见了透明于黑暗的目光
无言搅动的手
沿着散去的方向
舒络囚禁的筋骨
掏掏希望的灰烬
点燃缕缕的炊烟
飘飘地映射出太阳的霞光

总算天亮了
炼狱后的涅槃
夹着树叶翻飞的纸片
将大山甩进记忆
你忙碌的心
闲不住遗落的辛劳
苍老依旧
笑容可掬

# 煤

秋夜的雨丝
挂住我们疼痛的心脏
眼里流淌的，灼热滴在胸襟
手该搁在哪里
才能抚顺父亲急促的呼吸

无力拉开干呕的胸闷
我幻想抹拭岁月的尘埃
努力将父亲的命运
从煤窑里生生拉出
一线光明

爸爸说，别费神了
那是矽肺。再洁净的空气
也洗不白煤炭的黑

父亲的窗前
长着一窝慈孝竹
我是父亲眼中不听话的
乖孩子

## 父亲，站在村口

夕阳的黄昏
站在村口
送行
为六十年生日的记忆

“爸爸，回去吧！”
我，渐行的脚步
没有停息
只向村口雕塑一样的人
挥了挥远离的手

“门没有关”

妈妈背着土特产
跟着我的脚步
大声地对着村口交代

爸爸挪了一下不舍的脚步
羸弱的身体
如树枝摇晃
最终还是回到了原位

我知道了
爸爸会一直站在村口
等我回来

直到
看见我的身影
或者
看不见我的身影

## 你还要远奔何处？

我们逐渐接近死亡的气息
以及逐渐领悟人活着的生存意义
这是父母和他们兄弟姐妹
用逐渐衰老的容颜
换来的

我时常怀念在云台吃外婆的咸菜和鸡蛋
以及那些她听不懂我我听不懂她之间的彼此唠叨
而今，丝茅草长在胸口
只能从土堆里拔出来
挤干水分挂上瓦屋的穷陋房檐

夹垄的山势隐入杂草变无的路

村口的树和那条河

一直在考问离开家乡的我

伯伯都走了

你还要远奔何处?

# 回家三则

## 纳凉

小村，夏夜
黄葛树下
蚊虫和星星一样多

纳凉，总是
一手用蒲扇
一手赶蚊子
嘴里还不住唠叨
新奇的故事

蚊子，倦了

就地沉沉睡去

## 烤火

冬季，寒冷

紧逼房门

煤烟和热气充盈

烤火，总是

一手加着碳

一手勾着炉

歪着脖子的爷爷

捋捋胡子就又一个笑声

风，困了

悄然安寝进温暖的被窝

## 回家

故乡的四季

总在回家的路上

倾听着

我嘴里的不断变化

# 过年的 N 首小诗

## 团圆饭

我选择简单的形式
想把过年这样庞大的叙事缩小
用一桌团圆饭设计亲情氛围
把刚刚过去的年和笑声
一同酿进酒杯
一饮而尽

有些眼神，疑惑
有些眼神，惊讶
有些眼神，嫉妒

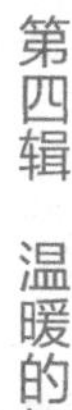

有些眼神，赞赏

不管这些眼神是真实还是虚构
都成了我的符号

## 计划

假如时间能够倒叙
旧的光阴就会重新开始
希望，种进春天
以过年的名义发芽

## 总结

相像会留下一些路标
每个人的故事情节
都会依次绽放
让亲情得以洗礼

## 问候

大多数人习惯寄存一年的问候
在坟前烧一堆纸
点一串鞭炮

唠叨一通鬼都听不清的话

噼里啪啦

表达对祖先的相思

## 走亲

你来我往

都是熟悉的笑脸相迎

一个目的

让心的归属永不迷惘

# 年关这道门槛

1

窝在妈妈怀里，女儿挥舞着小手
拜拜——拜拜——，还来不及多说一句
乖乖，听话
鼻子泛酸，就送来满脑子的思念

2

火车急促的汽笛还没奏响
怀中的温暖就跌进深冬，越来越远
闭上眼，我看见从时间的缝隙
流出，难挨的分分秒秒

3

关上车门，我听不清发动机的轰鸣
脑海里，晃悠着挥动的小手
那双圆溜溜的眼珠
悬挂着晶莹的不舍和眷恋

4

在人生的第二个春节，我的乖乖女儿
去了妈妈的妈妈那里。电话那头“我想你”
“我很乖”“爸爸，上班班”
一颗颗柔软的音符滴在心窝，别样的温暖

5

异乡的烟火照亮我稠密的思念
村口的老槐树也翘盼着枝丫的绕膝之欢
被牵挂拽紧的心，再次发出问候的乡音

6

熟悉的笑声熬制醉人的酒香
不期而遇的鞭炮噼里啪啦地震响着
唯有老屋敲醒了我的乡愁

## 7

我知道，老屋的酒杯正张灯结彩装满祝福
连同对儿女的思念，一路向前
在白发胡须嘴里，平安跨过年关这道门槛

# 年终随想

白雪的期待，被寒冬碾碎
三百六十五个日子
从开始，到结束，又到开始
在空如明月的生活里
滑出一道曲线

无数双眼睛开始凝望
无数声心跳怦然升起
天空中一颗颗繁星仿如烟花
到处绚烂，过年了
过年了

热闹忙不迭地爬上屋檐
听春风的动情倾诉
家常烤热火炉，略显生疏
只有仰起头，把思念倒进酒杯
一饮而尽

希望，又一次诞生
成了往昔的华美葬礼

## 渴望生养一大堆孩子

乡路弯弯，蛇行山岭
黄葛树，青冈林，绿荫下的郑家湾
浓厚古朴的农家方言
阶梯上的鲜嫩苔藓
无拘无束地蔓延，就连错过一个季节的
狗尾草，拎出张张笑脸

屋檐不远处的河滩桥拱，野草丛生
一头水牛和一只白色的水鸟，和平共处
它们一个在啃食闲淡的光阴，一个在啄食
山顶越烧越短的夕阳

菜园挂满的番茄，让阳光看得羞红了脸
田洼吹来油菜籽的清香，秧苗儿披上绿衣
像待字闺中的姑娘
麦子们的爱情，瓜熟蒂落了
夜夜与虫鸣互吐衷肠

青葱和豆角，在一寸寸疯长
村口的老爷爷在嘎吱嘎吱的榨坊睡得正酣
有关伤春、惜春以及怀春的林林总总
似已过眼云烟。春的往事，始终无法言说
一些人一些事，不提了罢
就像随手翻过的一页一页陈旧的
诗歌。渴望生养一大堆孩子

# 今生，愿写一篇诗歌

今生，愿写一篇诗歌
在韵律跌宕中
描出莺歌燕呢中的粉黛少女
期待，跳着舞蹈
或者，乘芳心蜜意
流入文艺的窗口

临栏倚梦，我拾起半生散落的文字
开始拼装香弥山层叠的楼宇
只是，门前那株桂花，瞬时而远
传来清晨的莺歌，唱亮
未来门前的

风景

大地无帘，我隐忍着伫立灯下
不自主地酿造着缱绻的父爱
仰望苍穹，盈盈血脉
不断调配起情愫
燃起孩童未来的希望

# 深夜的舞蹈

1

满月的儿子，惊叫在深秋的夜里
委身温暖被窝的我，裸露背膀
极不情愿地，翻转铅沉的身子

抱起儿子。啊——啊——哭
叫声，响透黑夜
只为了身体来回地晃荡

2

哭，在继续

脚，触击在床上
凶狠的弹簧，发着力
上下的，前后的
左右的
把摇篮跳动的节拍，快乐地随声舞蹈

享受中
儿子狡黠地望着我
时不时
还用黑亮的眼睛
露出一丝得意的微笑

舞蹈在继续
儿子长长舒了口气
酣畅、幸福
躺进我光亮的胸膛
满足地，眯上惺忪的双眼

## 3

喘息的我，乘机
轻轻地，把他放回小床

还没离开的我
就听见愤怒的哭叫
快来跳起来，童声的舞蹈

## 4

委屈的泪。撕开经典儿歌的音响
调皮的深夜
开始沉思节拍敲打的哭叫
扭动的屁股，从床上转到地板
再转到客厅。凉意袭击
还在不停地接受哭叫的骚扰

慢三步，快三步，最后是迪斯科
风裹着一袭单衣
舞步高昂
稚气搅动的童谣，陷入夜的沉闷

## 5

踉跄的脚步侵扰苦涩的睡意
灵魂，疲乏至极

快乐的儿子，毫无倦意
用眼神的欣慰把我鼓励
专注着晃动的脚步
拖鞋的忙碌，在冰冷的地砖上
嗒——嗒——着响

6

曲终无法散尽
重回起步的歌谣
兴奋的儿子
还要，不断地
享受深夜里，这种独特的舞蹈

# 聆听儿子

嘹亮的旋律
从第一声啼鸣开始

儿子用稚嫩的音符
点燃我的幸福
洗濯着我混沌的灵魂
如天籁之音
划破秋天的沉寂

这些日子
疲乏肆虐每一个深夜
无邪的笑颜，奔涌而出的爱

伴着高低起伏的咿呀咿呀
像最纯净的泉水
漫过心田

十月，冰凉的十月
因聆听儿子的歌而温暖
十月，消瘦的十月
因聆听儿子的歌而丰盈
十月，幸福的十月
因聆听儿子的歌而永恒

# 儿子的摇篮

客厅的摇篮
成了孩子幸福的小船
从冬摇到春
又摇到了夏
摇啊，摇啊，
就这样摇出了幸福的童年

希望的小鸟来了
花儿吐出芬芳
儿歌的旋律
陪伴孩子的摇篮
躺啊，躺啊

一下子躺出了童话的乐园

小小的摇篮
小小的船
装着英雄哪吒的故事
流出了世代童年的笑和甜

轻轻地晃动摇篮
嬉笑地快乐游玩
荡呀，荡呀
一鼓气荡出了丰收的蟠桃园

啊，一只摇篮
那一只小船
有我童年的快乐
也有我美丽的梦幻

啊，客厅的小船
我将永远永远
为自己和孩子的童年
把你思念

# 温暖的怀抱

孩子，是谁留你
在床上哭泣，被单散发的尿味
和你心爱的玩具，满世界
一片狼藉

怎么没人来抱你
爬不动
可怜的孩子，你一个人
在床上无助地哭泣

孩子，别哭。爸爸来抱你
儿子乖，儿子乖

我的儿子
好乖乖

打一盆温热的清水
洗去黏人的液体
你委屈的哭声
才渐渐停止

咯咯，孩子
你笑了
偎进温暖的怀抱
像一只快乐的小鸟

# 没有诗意的诗歌

## 爸爸，臭

儿子见面还是来得迟了些
列车的晚点
比预计的时间晚了四十分钟
四十分钟
好漫长的等待

列车姗姗而来
我立刻奔向了六号车厢
奔跑的速度没有刘翔快
这是肯定的
但我听见耳边刮着呼呼的风声

远远就见到儿子
根本不用细看
自己的心灵感应
早已知道了那小子就是我的儿子
正在外婆的肩上东张西望

“爸爸，臭”
这是儿子见到我的第一句话
“爸爸、妈妈——”
儿子在熙熙攘攘的人群中渴望着扑向我
“儿子——”我呼叫着拥抱着散发臭味的他

“爸爸，车——”
儿子一只小手指着火车
告诉我，他坐的是车
亲昵的应着儿子，我却顾不上臭味吻着儿子的脸颊
左边一下，右边一下

儿子紧紧地抱着我
双手环过我的脖颈
双腿叉着我的腰
胸贴着我的胸

父子的距离近得没有一丝缝隙

## 爸爸，车

儿子回到家
奶奶和爷爷早已在门前迎接
奶奶伸出手试图抱抱久违的孙子
可儿子紧抱爸爸的小手丝毫不松开
儿子把爱给了爸爸，把生疏留给了奶奶

这是短暂的生疏深层的思念
儿子一回到家
熟悉地走进他的房间
熟悉地拿出他的电话
熟悉地掌握着这是他的一切

“车——”儿子指着他的“奔驰”电动车
一脚就踏了上去
没电，开不走，原来爸爸忘记了给电动车充好电
“鸭——”儿子又跑向了他的“鸭型”玩具车
他对自己的电动玩具，是那么的熟悉

“儿子，去洗澡——”

我给儿子命令着
儿子玩着他心爱的玩具
不想去，也没有动
但还是被外婆强行抱去洗澡“除臭”

奶奶放好了水
爷爷找充电器给孙子充电动车的电
外婆给外孙找好了穿的衣服
爸爸哄着听话的儿子脱着臭衣服
妈妈却无奈地在外面参加职称考试

妈妈打来电话，儿子不接
最后还是听了听，大声叫着“妈妈——”
随后把一个多月没玩的手机
熟练地关掉妈妈的思念
妈妈有些怄气，但也没有办法

## 爸爸，亲

儿子洗完澡
香喷喷地散发着童稚气
在等待穿衣服的床上
“爸爸，亲——”

儿子径直地扑向我——

父子在床上打着滚
嘻嘻着天伦之乐
儿子拿出电视遥控板
“电视——”
原来儿子知道此时爸爸是有看电视的习惯

我抱着儿子
外婆给外孙穿着衣服
儿子却看见了电脑
“爸爸，打——”
拗不过儿子，只有打开电脑

儿子的小手
用他的无名指一个键一个键地按着
一个多月前
儿子在电脑前，也常常和我同打电脑
只是，我此时只有让他玩个高兴

中午饭的时候到了
儿子在客厅里嘣嘣跑向我

小手一把牵着我的手
“爸爸，饭——”
我行动慢了些，却感受了一股力量把我往饭桌上拽

“爸爸，坐——”
儿子坐在他指定我坐的座位的旁边
帮我拿了筷子
“爸爸，吃——”
“婆婆，吃——”
“爷爷，吃——”

一个多月的不见
儿子惊人地懂事了
一个家的和谐
也就这么短短的几个字
自然而然，没有一丝雕琢和故意

儿子是自己吃饭的
其实也吃不好
只是一个劲地在盘里用手抓菜
最后整整“吃”了一盘四季豆
奶奶直说，下顿还给我们浩浩弄

调皮的儿子
终于露出了本性
一双油手和一口的油嘴
在我冷不防的时候活生生盖住了我的脸
一口又一口，直到口水和油水铺满我整个脸

幸福和家，就如我满脸的油水
一直滑进我的心里
面对幸福的画面
我没有躲开
儿子毫不吝啬地把满嘴的油都送给了亲爱的爸爸

吃完饭
儿子开着他的“奔驰”电动车
在客厅威风了好一阵
我坐在电脑前
在时不时儿子的骚扰中速记下今天难忘的质点

这就是远行儿子的见面
一个家。因为有了儿子
充满了活力
充满了生活的希望

# 我的小学

## 1

有一条清清的小河
叮叮咚咚流出四季的芳香
高大的黄葛树下
有吃草的牛儿，奔跑的鸡鸭
和欢快的孩子
零丁的几个文字

## 2

百十人的一间石屋教室
风吹不垮，雨淋不透

巴掌大的泥土操场，坚固而耐用

窗外的世界，全是绿荫

和油菜花的传说

### 3

老师就是校长

学生就是工人

所有的领导所有的下属

生活在世外桃源里

吃饭、上课

给贫瘠的乡村增添了一幕亮色

### 4

老人叼着旱烟来了

牛儿的粪便，飘起了书香

刚学会走路的弟妹来了

哭声趴满了学堂

唯有呆望的眼神

憧憬石灰笔下未来的形状

### 5

一声一声的书声

时常夹杂隔壁兄弟的酣笑

临村妹妹的头发总被后排的男生拴上

解不开的结

涂鸦一堂的怪模怪样

6

哭鼻子的哭鼻子

耷着脑袋站黑板的站黑板

还有一些偷笑的眼神

把嘴上“粒粒皆辛苦”的嗓门提得老高

青瓦上不停落下的鸟粪

把教鞭打得啪啪着响

7

石屋静了

又躲起了一只只猫猫

偷偷藏在树下，把弹弓高高举起

一些倒霉的斑鸠，掉了下来

盖进中午的饭盒

8

一年又一年地

没有人更换模样

也没有人更换新奇的希望

斗殴的，调皮的

始终是那几个不变的模样

## 9

终于毕业了

认识了几个文字

去外村读书的相继走了

到田里割谷子的也去割谷子了

淳朴的农家孩童生活

无忧的时光

# 请母亲停歇

妈妈的昨天，已经流进记忆
妈妈的岁月，已经刻上行程
只有额头
越发苍白
呈现母亲辛苦的汗滴

老家的皇历，身体挪进田地
都市的挂念，脚印旋进厨房
只有家常
不肯停歇
压硬母亲倔强的手臂

妈妈，始终把行踪刻上额头
母亲，始终把挂念画上眉毛
两鬓的华发
因缺少精力的滋润
一缕一缕逐渐变成亮丽的银色

揪心的儿子，请妈妈停歇
擦拭无奈的汗滴
再坐上两小时的车程
就可以模糊
母亲漫长的今生跋涉

## 天黑了，窗外飘着白衣

天黑了
窗外飘着白衣
很美
那是天使晾挂的裙裾
在晚风中来回飘荡
纯洁的心愿
慢慢洒落天空
映照着黄昏的彩霞
温馨
陪着时间休眠

天黑了

天使穿上白衣
很美
那是她值班的身影
在灯光下不息地穿梭
慢慢地
让不倦的辛劳
甜蜜心灵
生命的活力
热烈地跳动着
穿过漆黑的深夜

天黑了
我们看着白衣
很美
那是天使的精灵
在病历里永恒地传动
慢慢地
让绝望的思绪
远离人间
领悟着生命的意义
真实地体味
迈进健康的春天

# 凝冬感怀

站在凝冬季节的门廊
远远眺望

冬日的雾笼罩大地
天穹留下空寂
没有飞翔，没有足迹

我用无数个寂寞
编织冬日美丽的童话
换来轻叹的日子

闭上眼虔诚祈祷

大地糅进一抹阳光
荒丘的冷寂
温暖修行的慈和善
写下淡淡忧伤

陌路中的彷徨
虚幻的影子
还是细数起孤独
跟在落寞的后方

# 今天是文妈的生日

1

清晨的雨露滴落心田
荡起一段思母的乡愁
复活的记忆
敲开温暖的一段尘封
即笔写书一个巨大的影子

2

结识，幻化出相思，伫立在
天津街头，相逢六星
以陌生的倾慕

静静聆听一段知心的交谈
傻笑起手指上经年的点点记忆

## 3

你挺秀的身姿，依稀往日的风情
醉落下文字
风干年轻的心
岁月的磨砺，密密缝合
对诗歌生命的担忧、牵挂与期冀

## 4

年少的我呵，终究知道
不屈的生命，慢慢过滤、沉淀
一种使命，耐心咀嚼
曾经的苦难、贫穷与为人母亲的大爱
春天屋檐下的风雨飘摇

## 5

相思，屹立在城市的高楼
鲜活的青春韶华
游荡在巴山蜀水间

于记忆深处，寻找一个词
折回对苦难的慰藉

6

无言，今天是文妈的生日
让一颗纠结的心
裂开生命的缝隙，拾掇起
青春的容颜
还有你温柔而安详的目光

# 祝竹君哥生日快乐

一条船，披着初春的绿
划进二月的海，有位慈爱的船长
在这生机萌动的季节
编织起诺亚方舟
带着一群追梦的人
在文学的浪涛里挥桨前行

彼岸，没有终点
送走枯黄，又迎来新绿
见证寒来暑往的风景
长于土，成于树，发于枝丫
悬挂的果实

如您太阳般的笑容
于高处
绽裂浓郁的甜香

岁月聆听出惊奇
大路，小路，弯路，泥泞的路
坚持又执拗
众星追月。年年都如娄山关的清风
更换一季寒冬
初春，又如花儿一样

如今，我们一起陪您
一月十二日
采集祥云上的花团锦簇
笛音袅袅
而您此时的欢欣
像个孩子
举起手，踮着足尖，旋转婀娜多姿的天鹅舞步
唱生日快乐

歌声从观音桥传出
如阵阵嘹亮的川江号子

敲醒了江南二十四桥的烟雨

秦淮河畔的杨柳

四散的烟花

炸响这一声初春的喜悦

阿依河听到了，五鱼山听到了

桃花源也听到了。东西南北

五湖四海

所有的二月人都听到了

不期而至的祝贺

一同奏出天籁之音，有山高远，有水绵长

犹如竹之君子的内敛，丰厚

喷涌而出

汇入春天的长河，流向大海

# 祝小花姐姐生日快乐

八月十三日
我们一起等
烟花，祝福，喜悦
跳出掌心，绽放
那朵被叫作姐姐的小花
与夜幕下双峰山的绿意海棠
隔空对话
一个关于生日的话题
幸福而快乐
祝贺是自然的
如盛夏夜晚的香弥山
桂树有清幽的月色

草坪有江风轻抚

和谐

如你呵护我的这一场

凉爽秋雨

这个特殊的日子

甜蜜，如巧克力杏仁的灯塔蛋糕

我们的缘，挽成

一个结

你的青春

如一粒种子

从南到北，从城市到乡村

走过春的明媚，夏的火热

初秋

饱满的谷穗

金灿灿

挂满人生的枝条

清风

簇拥着怡人稻香

直至海棠萌芽

金黄色的季节从眼里吸进肺里

化着娄山关的缕缕清凉

淡淡入尘

我知道，今天
只是你顺手从床头上的挂历
扯下一页纸
在时空中铺平为信笺
涂鸦几笔文字
在余晖中
听几声窗台的
百灵鸟欢叫
此刻，山风，绿涛，鸟鸣，连同我
都已经为你做好了准备，请听——
小花姐姐，生日快乐！

# 评论：路上风景迤逦迷人

周其伦

郑维山是我在这两年里接触到的基层作家中，很有个性也很有特点的一位，我和他交谈的机会比较多，交谈的话题很广，其中最重要的一个话题是，在文学的路上，我们始终都是前行者，只要我们还坚持在路上，那么路上的风景，就必然会进入到我们的视野。

人到中年的他，生活阅历丰富极了。多年的记者生涯也让他的文字多了一些中规中矩。他现在的社会身份是一位职业经理人，每天单位里都会有许许多多急需处理的事项；而他现在的年龄段，也正是家里爬坡上坎的关键时刻，这个时段我们过来人都品味过。上有老下有小，中间还有事业跑，是一个成熟男人心最累、活最多，也最为烦心的阶段，每个人到了这时都不敢有丝毫懈怠。因此当听说他最近要出版一本诗集，想叫我为他的那些诗作写下一些点评的话时，一开始我还真有点吃惊。

倒不是不相信他能够写出诗作，毕竟出一本诗集要耗费的时间和精力人所共知，而且他的这个举动多少还有些颠覆了我对他们这个群体的印象。毋庸讳言，文学的日渐式微已经是人所共知的一种大环境，在这样的环境下，很多趋利避害的人都选择远离这个群落，把关注的目光聚焦在要风得风要雨得雨的其他行业，文学日渐成为一种理性的坚守。我在想，每天都要忙忙碌碌于商海各种应酬的他，怎么还能够沉下心来保留着最初的那份文学追求，特别好奇他诗歌创作的原动力来自何处，这是我的吃惊之处，也是迫切想破解之谜。

客观地说，郑维山的人生过往不太能够和文学挂上钩，因为他的职业更需要的是严谨而不是诗歌的浪漫。他目前供职于重庆聚丰房地产开发（集团）有限公司，注册策划师，大学毕业后受聘为重庆工商大学创业导师。纵观他的职业生涯，差不多都在经济领域里漂泊，所见所闻都和文学基本不搭界。我不敢有丝毫的职业歧视，我是想说搞经济工作的人，似乎很难想象他会涉猎到这看似虚头八脑的文学里来，即便是来了也至多是客串一把就走。所以，我一开始对郑维山这本诗集还多了一份担忧，因为这两者间的转换跳跃幅度过大，大到作者的左腾右挪将相当艰难。他在那么繁重的工作面前，不要说时间了，单是要把脑海中沉淀下来的思维互为转换一下，就需要有一定的时间去保证。

我在和他接触中，发现他对文学不仅爱好，而且还多少有一些痴狂，按道理说他这样的年龄，已经有了那么多年的商海打拼，有这样的文学爱好已属稀有，居然还痴还狂，这只能说明一个问题，那就是他的内心，还真的有对文学的那份敬仰，而不是一时的冲动，这恰恰正是一个诗人最可贵的一面。后来我得知他还加入了重庆新诗学会、重庆散文学会、重庆江北区作协等文学组织，业余时间担任着《江北民建》执行主编、二月文学社副社长等职务时，就一点也不再感到吃惊了。

这些年，我在《散文百家》《满族文学》《辽河》《重庆晚报》《巴渝都市报》《旅游散文》《重庆散文》《嘉陵江》等报纸杂志上看到郑维山发表的散文、诗歌、评论作品，有时也会眼前一亮。我注意到他对文学的爱好还如此广泛，什么体裁的作品都有过实操性锻炼，他的部分作品还收录进了高校教材、实力诗人选本、童话选读本等，这就让人们对他的文学追求刮目相看了。

郑维山的诗集《与光阴交谈》，以诗意的笔法真实地记录了他前半生跌宕前行的心路历程，尤其是在他一不留神就步入到文学那广阔的场域后，他对生活、对友情、对世相的点滴思考和心绪流露都在诗集中有舒展流畅的表露，这是我对他诗集初读的感觉。

熟悉我的朋友都知道，这些年我的阅读势头很强劲，而且通过我的阅读在微博上发表的点评也渐成气候。但是我对诗歌的阅读和点评很少，一个特别重要的因素是，我对当下的很多诗作都找不到“进入”的路径，更谈不上能够“浅出”的快慰。此前我也写过好几篇诗评，在报纸杂志上发表过一些读诗的感受，但总体来看远不如我对小说散文等叙事文本的阅评那么张弛有致拿捏到位，我自己给自己的评价是，我性格中就缺少一种诗人的狂放和浪漫。

当得知郑维山要叫我这个特别不浪漫、也很少涉猎诗歌的人为他的诗集写点感想时，我还特认真地做了一些功课，我一直思考着用一种什么样的路径去读之评之。后来我浏览了他这部集子的全部作品，同时还把这些年沉淀在我脑海里，对他多年文学追求中形成的点点滴滴情景进行了仔细梳理，思前想后，我还是愿意秉承我多年的叙述评点的习惯，按照自己的风格说说我对他这本诗集的理解，或许可以寻找到一条不错的文学游走通道。

通路找到了，路上的风景如何，我们且走且看。

郑维山的这部诗集共分为《飞升的信仰》《岁月的尾巴》《游走的灵魂》《温暖的怀抱》4 辑，110 首（组）诗作像一串串晶莹剔透的珠串，呈现着作者文学跋涉过程的艰辛和困惑，情真意切地宣泄着他执着的追寻意志和无以穷尽的情感世界。诗集里有震撼的呐喊也有怅惘的无奈，有奋力的拼搏也有豪迈的超越。动情时细腻入心，温婉处令人潸然。我一边读着他的这样诗章，也慢慢走进了他的内心，尽可能去触摸他多姿多彩的情感世界。

诗集的第一辑《飞升的信仰》里，很多诗作都宣示着他诗意的"信仰"主旨，《在打开天堂之门的那一刻》《我在五鱼山上晒太阳》《娄山关避暑》《阿依河的爱情》《巫溪红池坝》中，作者更是把这种宣示做到了极致。

《我在五鱼山上晒太阳》娓娓道来："袅袅升腾的烟火/按自己熟悉的途径流动/景致闪过万丈灵光/款步落霞。"意向就非常明白，绝少那种矫情的成分。而《飞升的信仰》里又糅合进了生活的喟叹："在五鱼山，用黄檐红柱慢慢疏虞尘世的彷徨/随风轻摇的树梢，摘下漫天阳光/遇仙桥上郁郁葱葱的苔藓/羞愧，形形色色的捧腹大笑。"我读他的《娄山关避暑》，就更有情趣了："娄山关/绿意很浓/路很陡，弯很大/我只有不断加油/不断朝前看/才能抵达。"诗集中有很多这类与日常生活密切相关的元素，我都能够找到共鸣点。

还是在这一辑里，《武陵山大裂谷》和《龙缸记忆》等作品，也有我们感兴趣的句子，"自然的石头、树、草皮/和峭壁，绝崖装进逶迤的绵延”和“盖下坝那汪静美湖泊 / 俏皮地映照着三国时的岐阳关 / 在蕉草垒出秦皇汉武惊心的不朽长城”，就屡次给了我飘飞的联想。

《岁月的尾巴》是第二辑，汇聚了《八月的约定》《一朵桃花》《温暖的时光》《七月，让暧昧流动成诗篇》《花卉园文学沙龙会》等诗篇，把作者如诗如画的岁月来了一次细腻的打理。

“日子从夜里出来 / 白了黑，黑了又白 / 一天又一天 / 轻轻从嘴边不停地滑过。”（《岁月的尾巴》）一提起岁月，作者的诗性勃发。比如《一颗心，向春天皈依》：“没有思想，没有私语 / 没有季节的种种痴迷 / 只有时间累积的一道道温暖 / 永久地将自己埋进春天。”还比如《八月的约定》：“窖藏的半坛酒 / 封不住 / 弥久的陈香。”

在这一辑中，我最想说说《花卉园文学沙龙会》，诗意和语句都有点特色：“在花卉园文学沙龙会上，大家围坐成一个圈，很圆很圆 / 我也不例外，每一次都形象鲜活。灵动的眼神像个太阳 / 也很圆很圆。悬挂的笑脸都热情洋溢，彼此感觉很温暖 / 手中的清茶随着香气氤氲而升，文学交流就这样开始了。”每次的沙龙活动我都感同身受，我能够感受到文学沙龙对他产生的巨大影响。

第三辑是《游走的灵魂》，作者在这里更多地呈现给我们的是情感层面的东西，像《丢失的恋爱》《公开的情书》《游走的灵魂》《渴望生养一大堆孩子》《彼岸》《邂逅你之后》《风雨过后是彩虹》《情人节，我没有情人》《我有时不想和空气说话》等等，都很直白地袒露出作者丰富的情感波澜。

在《丢失的恋爱》里，作者告诉我们："往事很丰盛 / 一年四季的春花 / 在时空隧道里开了谢 / 谢了开。在起起落落中 / 红瘦绿肥。"显然，作者不单是在写花了。而《公开的情书》里他又沉思："真真假假的梦 / 开始焚烧我纯净的道德 / 就让恩赐或惩罚 / 直抵心尖。"《相思本是无凭语》："无奈，永恒的记忆 / 还是写下无耻的过客 / 一缕红尘，体会潇洒的转身 / 感受，曾经的精彩。"

这一辑中，我喜欢《邂逅你之后》的况味："感谢遇见 / 感谢身边的灯火 / 你轮廓之外的萨克斯歌声 / 那么甜，那么孤单。"这与作者在《冷水浴》中的表述异曲同工：凉水哗啦啦流到我的手上 / 水声响起的彻骨的寒 / 和窗外孤零零摇曳的树影……我清醒地把水调到最大 / 让冰凉混合着一起流下 / 埋进那欲裂的肺里 / 任由刺骨的凄凉在脸上肆虐。"说实话，第三辑里我喜欢的诗作很多，但我不能多说了，要给读者留一点悬念。

第四辑叫《温暖的怀抱》，是这本诗集最厚重的一部分，主要承载着无边无垠的亲情大爱。作者用了大量的笔墨来渲染他对父母、对家人、对朋友的爱恋和关注。像《父亲与老屋》《回家》《你还要远奔何处？》《年关这道门槛》《请母亲停歇》《今生，愿写一篇诗歌》《儿子的摇篮》《今天是文妈的生日》《祝竹君哥生日快乐》《祝小花姐姐生日快乐》，单是看这些篇目，你就会感受作者怀抱有多么“温暖”。

诗集里作者对父亲倾注的感情特别浓郁深厚，《父亲》里，他的欣喜漫漶：“父亲看到儿子学业优秀时：那是你的眼睛/倦意朦胧/无法抬起的眼皮/透过一丝的眼缝/注视着经年之后的未来。”而《煤》却表达出作者对父亲积劳成疾，晚年咳嗽不止的万分疼惜：“我幻想抹拭岁月的尘埃/努力将父亲的命运/从煤窑里生生拉出/一线光明。”我读作者《你还要远奔何处？》后特别感动，我感动于作者在远方漂泊依恋家乡的情怀：“村口的树和那条河/一直在考问离开家乡的我/伯伯都走了/你还要远奔何处？”我们在这里，既可以看到儿子对父亲的千呼万唤，也可以看着是父母对子女远行的忐忑担忧。

《请母亲停歇》是作者写给母亲的赞歌，字里行间满满的爱意：“妈妈，始终把行踪刻上额头/母亲，始终把挂念画上眉毛/两鬓的华发/因缺少精力的滋润/一缕一缕逐渐变成亮丽的银色。”儿子是作者未来的传承者，在《聆听儿子》里，作者也饱蘸着亲情：“儿子用稚嫩的音符/点燃我的幸福/洗濯着我混沌的灵魂/如天籁之音/划破秋天的沉寂。”

阅读着《与光阴交谈》，欣赏着郑维山为我们踅摸出的一种诗情画意，真的有一种愉悦的快感。我在很多朋友面前都说过，我不太喜欢阅读诗歌，尤其是现在的新诗，实际上我知道这是一种恐惧的心理在作祟，在我能够阅读到的文学刊物中，很多知名刊物刊发的部分很有名气的诗人的作品，我都常常读后不明就里，我也经常把一些名刊名家的诗作拿去和一些小刊物的作品做比较，我特别想知道好的诗作好在哪里，是不是应该有一个最基本的判断标尺，但是这些年，我这个举动收效甚微，几乎没有任何一个人能够给我说出个所以然来，因此不得已，我只能坚持着自己内心的文学判断。

我个人觉得，现在的很多诗歌（尤其是新诗），那种过于随意的断句和抽象无比的思维，严重地影响阅读，是让我所无法接受的。这次我在阅读郑维山的诗歌作品时，这样的空乏无味的感觉就比较少，这是我最欣慰的一点，也促使我在写作这篇文章时多了一份自信，而且当我认真地读完他这些诗作后，我实实在在地感到差不多触摸到了他情感的脉搏，他的诗歌意向丰满，诗句沉稳温婉，读来既有传统诗歌的基本韵味，也有现代诗行的抽象跃动。如果我们把《与光阴交谈》当成作者为我们铺设的一条路径，那么我们由此走过时，自然会感受到一路的风光旖旎，一路的景致迷人，我觉得这才是我们最应该祝贺作者的一面。

当然，我也看到诗集中的部分诗歌质量参差不齐，有些篇什显得过于浅显，与全书的意蕴不太适合，这些都是诗歌创作的大忌，很值得作者进一步梳理、提高改进。还有一个问题，估计是作者出于分类的需要，造成了诗集的四个部分整体上不太平衡，我个人感觉第三辑和第四辑就比前面重得多。

我和郑维山接触日久，作为朋友，我还想借他出版诗集的时候祝福一句，文学的道路宽广无边，对文学的持守和定力决定着你的未来，如果心意已定，那么就朝着一个目标走下去，坚持个三五年，你会看到更加壮丽的美景。

**发表于《黄河文学》2017 年第 2/3 期**

注：周其伦，作家、评论家。有小说、散文、评论作品见之于《人民日报》《光明日报》《文艺报》《文学报》《北京文学》《莽原》《湖南文学》《山花》等 60 多家报纸杂志。在《新华书目报》开设“文坛素描”专栏，出版有小说评点专集《安于悦读》。现居住在重庆。

# 后记

大凡热爱生活的人，都有一种英雄情结。胸中的公平正义、理想的温恭谦让、社会的良序美好，总在心里永生不灭。我也不例外。在丰都工作十余年，尤其经历了五鱼山枯燥的工作环境，飞升的信仰，朗朗乾坤的现实，并不清明的人间烟火，终是让我经历了一段无法忘却的旅程。当然，一份心存善念的生活甘甜，始终让我没有停止对美好的期冀和对梦想的不懈追求。

这是我的一本处女诗集。书中有我初写诗歌时的稚嫩，有我初历世事时的忘乎所以，更有我各种情绪的浅吟低唱和对百味人生的独立思考。这些简单质朴的文字，是我的岁月、是我的日子、是我生活的分分秒秒时光，现留存于斯，是我的怀念，更是生活的某种记忆。尽管形式单调、语言简朴、寓意浅显，却是我自然的真实存在。

借这本处女诗集出版之际，我感谢陈启春和罗华英两位老师，他们在我工作迷茫的时候，悉心帮助我，引导我走上了文学这条路；我感谢姜孝德、周其伦老师，在我迈入一个又一个文学死胡同而彷徨无助的时候，他们利用二月文学社和江北文学沙龙活动，不断鼓励我将作品投向全国报纸杂志，让我走上了更高的文学平台；我还要感谢重庆作家协会党组书记王明凯老师，在筹备重庆市作家协会第四次代表大会前夕，从百忙中抽出时间关心关怀我这样的文学新人，仔细地阅读我的诗作，悉心地给予批评，指导我在生活、文学上走身、走心、走人生，鼓励我怎样为生活的诗意和诗心创作；我更要感谢王晓燕、蒋毅老师，将我带进中国民主建国会这个大家庭，让我结识了中国民主建国会重庆市委员会副主委王济光老师，在换届选举的繁忙关头，他还熬更守夜地阅读我的拙作，并给予了用心的指导和无限关怀；我还要感谢著名诗人、鲁迅文学奖获得者傅天琳老师以及重庆文学院院长邓毅老师和诗评家、博士生导师、重庆市作家协会副主席蒋登科教授，他们都在我的不情之请下，欣然为我的小诗《煤》《春天，我一个人在路上》和《娄山关避暑》写上读评，而且还耐心地指导我的诗作，让我增强了为文写诗的信心；我还要感谢《重庆晚报》的“夜雨”副刊，尤其是胡万俊、陈广庆老师组建的重晚副刊群英荟，让我结识了20世纪80年代初期的著名诗人李钢老师以及周鹏程、二月蓝、杨莉、赵瑜、阿雅、艾嵩、爱儿等志同道合的文朋诗友，特别是在我懈怠文学创作的时候，邀约我一起采风、茶叙、参加诗歌朗诵会，为我注入了新的动力。当然，我要特别感谢重庆市江北区文学艺术界联合会和重庆市江北区作家协会以及我许多的亲朋好友、同事领导，谢谢你们对我这本书出版的大力支持和热情鼓励！

事实上，善于言辞并非我的长项。我此刻对支持帮助我的人表达的感谢，甚是苍白而枯燥，但却是我文学的行走之路，也必须这般啰唆地表达方能体现出我内心的一番真挚情意。

我承认，我不是一名优秀的诗人，没有高超的诗歌创作技巧，没有自由驰骋的抒情天空。但我是一个热爱生活的人，也是一个不愿低下头颅的人。现实与理想的差距，让我充满了矛盾和失落、迷茫与无奈，但我始终对生活充满了美好的期冀。也许，在工作生活里，很多人认为我早已是出口成章、有不烂之舌可抵百万雄兵之辈，但那仅仅是对工作、生活稔熟的片面认识。我心中的信念坚守，无处宣泄的生活情绪，无以发散的理想积郁，一直隐匿于心，这也成为我不断探寻生活的不竭养分和前进的动力。

回顾所历人生，我用十余年时间建成丰都玉皇圣地，隐忍而韧，不以成败论之，谨以佛心道骨儒表的一生所悟，不言尺短寸长、不争一时剩勇，这是我文学发端的渊源，也是我生活的一道亮丽色彩。也许，在诗歌这条路上，我不会走得太远，但我忘不了关心我、支持我、帮助我的人，因为一路有你们，我必将热爱生活，竭尽全力，坚持走上文学这条道路。自然，我以后也会把自己悲悯的文学情怀换成对美好事物的历历追忆，更会把“敬仰佛旨，崇尚天道，悲悯生活，慈孝尊长”作为我人生守护的坚实信念。我所经历的生活，不乏酸甜苦辣，每一段文字背后，都承载着弥足珍贵的亲情、友情和人生所悟，这成为我难得的另类财富，也是我以后创作文学的重要素材。我这样说，也会这样做。走一路，行一路，笔录一路。我想，这本诗集也是我生活形态的某种呈现吧。

其实，文字之外，我希望生活简单、质朴，能将人间的大爱、善良、慈悲，通过自己的感悟发散到每个空间每个角落，寻求一份相遇、相识、相知，乃至人生的一份平淡相守。

如果，有心怀良善，我当惜之；如果，有心生共鸣，我当藏之；如果，有相识相知，那便是一件幸福的事了。特之以为后记！

隐 忍

丙申年于香弥山